Bordesholmer Edition
Bd. 10

Die Gräfin

Gräfin Augusta Louise zu Stolberg (geb. am 7. Januar 1753 in Bramstedt, gest. am 30. Mai 1835 in Kiel) wurde durch ihren regen Briefwechsel mit dem Dichter Johann Wolfgang von Goethe bekannt. Den Schriftwechsel begann die junge Gräfin nach der Lektüre von „Die Leiden des jungen Werther" anonym. Der Briefwechsel an „Goethes Gustchen", wie er die Gräfin nannte, ging in die Literaturgeschichte ein. Persönlich lernten sich die Korrespondenten nie kennen. Nach dem Tod ihres Gatten im Jahre 1797 lebte Augusta Louise für mehrere Jahre in Bordesholm. Sie starb am 30. Mai 1835 auf der Seeburg in Kiel.

Quelle: Wikipedia

J. Baasch, K. Frahm, Ch. Günther, H. Wiedling

Lotosblüte

Dritter Bordesholmkrimi

Herstellung und Verlag:
BoD - Books on Demand, Norderstedt
ISBN 978-3-7322-8658-4

1.

Fett stand es mitten auf dem Schreiben: „Strafbefehl!" Mit fliegenden Händen hatte Ludwig Kron den gelben Briefumschlag aufgerissen und das Schriftstück auseinander gefaltet. Strafbefehl. Keine Gerichtsverhandlung. Ein Lächeln huschte über das rote Gesicht des Mannes. Das war gut. Doch ein alter Fuchs, der Rechtsanwalt. Aber wie viel würde er zahlen müssen? Hastig überflog der Landtagsabgeordnete die Urkunde: „Blutprobe war 1.52 Uhr ... 2,35 Promille Alkohol.... Zeugen: ein Polizeiwachtmeister und die Ärztin ... Geldstrafe von 30 Tagessätzen à 100 Euro zuzüglich Gebühren und Auslagen der Polizei ... insgesamt 3.356,59 Euro."
Ludwig Kron ließ sich in den Sessel sinken. Den Strafbefehl hielt er mit beiden Händen über dem Bauch. Er atmete schwer. Dieser verdammte Hilfspolizist. Hätte der ihn schlafen lassen in seinem Auto, nichts wäre geschehen. Auf dem Parkplatz an der Landstraße war er etwas in den Graben geraten und hatte es nicht geschafft, weiter zu fahren. Hinter dem Steuer war er dann eingeschlafen. Wohl mit aufgeblendeten Scheinwerfern, denn die hatten den Wachmann des Sicherheitsdienstes angelockt. Der hatte sich in seinem Element gefühlt. Statt ihm aus dem Graben heraus zu helfen, hatte er die Polizei angerufen. Scheiß Handys! Von diesem Zeitpunkt an war er rechtloser angeklagter Täter. Bellend befehlende Polizisten, Blutprobe auf der Polizeistation Nortorf, nein, man könne sein Auto nicht auf dem Parkplatz stehen lassen, es könne ja gestohlen werden, und dann wäre die Polizei haftbar, da komme das Auto übrigens schon.
Er war zu dem Fahrer des Abschleppdienstes in das Führerhaus geklettert.

„Wie viel wird das kosten? Fahren Sie bitte bei einem Geldautomaten vorbei." Aber der Kapitän der Landstraße fühlte sich als weiteres Glied der Obrigkeit, die ihn fühlen ließ, welch hilfloser Sünder er jetzt war: „Mein Auftrag ist, dich nach Hause zu fahren. Von Geldgeschäften steht da nichts drin."
„Aber ..." war sein ganzer Widerstand, dann dämmerte er zurück in einen Halbschlaf.
„Wohnst du da?" wurde er rau geweckt. Als er nickte, nachdem er sich orientiert hatte, stieg der Fahrer aus.
„Du bleibst da", rief er und ging zur Haustür. Der Motor dieselte weiter. Bei einem Nachbarn ging Licht an. Dann kam der Fahrer zurück, seine Frau im Morgenmantel hinterher.
„Sie hat nicht genug Geld. Ich nehme das Auto mit und bringe es morgen her. Heute kostet es 593,-- Euro. Morgen kommen noch 300 Euro dazu. Halten Sie die bitte bereit!"
„Können wir das Auto morgen nicht abholen?" bat die Frau.
„Nein, mein Auftrag ist, es hier abzuliefern."
„Kann ich nicht schnell zum Geldautomaten fahren?", schlug sie vor. „Bin in einer Viertelstunde wieder da. Sie können inzwischen mit dem Abladen beginnen."
In einem der Nachbarhäuser war das Licht angegangen.
„Na ja, Sie haben noch ein Auto? Dann will ich mal nicht so sein. Aber nicht mehr als 15 Minuten!"
In der Küche hatte er dann auf seine Frau gewartet. Sie hatte nicht geschimpft, auch nicht viel gefragt, nur einmal laut geseufzt und dann Kaffee gemacht.

Am nächsten Tag war er zum Anwalt gegangen. Rechtsanwalt Stephan Claus-Kröger, merkwürdiger Name, der würde ihn sicher ein paar Klienten kosten, weil alle nach Claus Kröger suchen. Aber engagiert, der Mann, und kompetent. Er kannte ihn aus der Arbeit im Rat für

Kriminalprävention. Und das eine vereinbarte Ziel hatte der Anwalt ja auch erreicht. Er blickte noch einmal auf den Strafbefehl. Der war an Herrn Ludwig Kron gerichtet – Sozialpädagoge. Kron lächelte. Nichts von MdL oder Landtagsabgeordneter. Wie es der Anwalt geschafft hatte, den Strafbefehl zu erlangen, ohne dass seine Immunität als Abgeordneter aufgehoben worden war, war ihm schleierhaft. Aber es hatte nichts in der Zeitung gestanden, und die Kollegen im Landtag wunderten sich über seine plötzliche Wandlung zum umweltfreundlichen Verkehrsteilnehmer. So weit – so gut!

Aber wieder knapp 4.000 Euro. Zu zahlen innerhalb der vierten Woche nach Zustellung des Strafbefehls. Dabei hatte gestern sein freundlicher persönlicher Berater von der Bank angerufen. Man müsse sich schnell zusammensetzen, die Belastung seines Kontos mit Überziehungszinsen sei einfach zu hoch.

„Eigentlich sollte ich gar nicht anrufen. Die Bank verdient ja daran", hatte der Berater gescherzt. Aber Kron war klar: Das war die gelbe Karte. Wenn er nichts unternähme, würde die Bank keine Überweisungen mehr tätigen. Was sollte er unternehmen? Gerda würde ihm, nachdem sie die Scheidung eingereicht hatte, auch nicht helfen. Er war praktisch pleite. „Joachim", fuhr es ihm durch den Kopf, „Onkel Joachim. Der alte Schwerenöter müsste ihm helfen." Und er fummelte nach dem Handy in seiner Westentasche.

Joachim Hansen saß im Morgenmantel am Frühstückstisch auf der geschlossenen Veranda. Paula, das Hausmädchen, war dabei, das Geschirr abzutragen. Immer wieder fiel Hansen ein, dass er noch einen Schluck Kaffee mochte oder etwas Orangensaft. Er sah zu gerne, wenn sich die junge Frau ihm über die lange, lichtdurchflutete Veranda mit ihrem strahlenden Lächeln näherte.

Aber auch ihren Abgang mochte er, wenn sie, ein Tablett balancierend, mit wiegenden Hüften zur Küche eilte. Ein Spiel, das wusste auch Paula. Aber die Hand gegen sie zu erheben, sie anzutatschen oder zu zwicken, wagte der Lüstling in dieser Umgebung nicht, konnten doch die Augen seiner Ehefrau überall sein.
Als der Tisch vollständig abgetragen war und Paula nicht wiederkehrte, setzte sich Joachim Hansen in einen der tiefen Rattan-Sessel, zündete sich eine Zigarette an und schlug das auf dem Beistelltisch bereitliegende Buch auf. „Shades of Grey" stand auf dem Umschlag. Aber dieser als lüsterner Bestseller sogar von der BILD hochgejubelte SM-Roman langweilte ihn.

„Ich brenne vor Lust. Christian lässt abermals einen Löffel Eis auf meine Brüste tröpfeln. Verdammt kalt. Meine Brustwarzen werden hart. „Kalt?" erkundigt sich Christian mit samtweicher Stimme und leckt das Eis von mir." las Joachim Hansen. Da schrillte das Telefon. Auf dem Display erschien der Name „Ludwig".
„Na, was will mein angeheirateter Lieblingsneffe? Reicht das Geld mal wieder nicht? Oder soll ich dich mit dem lieben Fräulein Paula verbinden?"
„Nun lass mich doch erst mal Luft holen, alter Charmeur."
„Sonst bis du doch auch nicht auf den Kopf gefallen. Aber im Ernst: Ich bin beschäftigt. Was kann ich für dich tun. Sollen wir wieder ein paar Bücher verkaufen?"
„Damit wird es nicht getan sein. Diesmal stecke ich tief im Sumpf. Ich würde gerne zu dir kommen und mit dir sprechen!"
„Gut, dann komm heute Nachmittag. Ab 15.00 Uhr hat deine Tante ihre Bridgefreundinnen zu Gast. Da stört sie uns nicht. - Und wenn uns Paula stört, ist es dir ganz angenehm, wenn ich das richtig sehe."
Die Männer lachten.

„Das siehst du genau richtig. Bis nachher!"

„Und immer habe ich den Wind von vorn!" Ludwig Kron musste kräftig in die Pedale treten.

„Na, wenigstens bewege ich mich etwas mehr als mit Führerschein." Der Abgeordnete näherte sich dem schlossartig auf einem Hang am Bordesholmer See gelegenen Anwesen seiner Tante Adelheid Weimar-Hansen von hinten über die Alte Landstraße und den Grünen Weg. Er hatte zum westlichen Nebeneingang des Gebäudes einen Schlüssel, weil er gelegentlich die Sauna und den Fitnessraum benutzte. Dort befanden sich auch die Weinkeller und ein großes Gästezimmer sowie Wirtschafts- und Heizungsraum. Wie meistens war der Zugang zum Parterre nicht verschlossen, so dass Kron schnell durch die Halle ins Herrenzimmer gelangte, wo Joachim Hansen mit dem „Shades of Grey" im Schoß auf ihn wartete. Bei einer Zigarre und einem Single Malt unterrichtete Ludwig den Onkel über seine missliche Situation.

„Dann wollen wir mal sehen, ob wir in unserer Schatzkammer noch etwas von Wert finden. Aber viel Mut habe ich da nicht. Vielleicht etwas für die ärgste Not!", schlug Hansen schließlich vor. „Irgendwann wird dir nichts anderes übrig bleiben, als bei der Tante vorstellig zu werden."

Allein bei dem Gedanken an die Reaktion der gestrengen Tante wechselte Ludwigs Gesicht um einige Nuancen ins Puterrote.

„Oh Gott, nur das nicht!" stammelte er.

Im Obergeschoss lagen die Räume der Hausbesitzerin. Adelheid Weimar-Hansen hatte das Anwesen vor einer Reihe von Jahren überraschend geerbt. Sie hatte gar nicht gewusst, dass ihr Bruder, der im Fernosthandel viel

Geld verdient hatte, diese Villa besaß. Ihr war der Besitz testamentarisch zugeschrieben, und sie war in die schöne Villa umgezogen, zumal es sich um einen historischen Sitz handelte; bereits eine Brieffreundin des Dichterfürsten Goethe sollte hier einige Jahre gewohnt haben. Und in der Tat ergaben Nachforschungen, dass Auguste Gräfin zu Stolberg, verwitwete Gräfin von Bernstorff, ihren Alterssitz in Bordesholm genommen und auch von hier mit Goethe korrespondiert hatte. Das bekannte Werk des Heimatchronisten und Kulturbeauftragten Paul Steffen trägt die Anschrift der Gräfin als Titel: „... *meine Adresse ist Bordesholm.*" Leider genügte das den damaligen Postboten. Eine genauere Anschrift ist nicht bekannt. Aber, so vermutet Paul Steffen: „Sie muss nahe dem See und der Klosterkirche gewohnt haben."

Aus dem Salon der Hausherrin drangen Frauenstimmen, als die beiden Männer der Treppe zum Dachgeschoss zustrebten. Hier gab es Gästezimmer, und in einem abgeschlossenen Appartement wohnte Paula. Aber sie mussten noch eine Ebene höher, auf den riesigen Dachboden und über ihn in das Turmzimmer. Eine steile Holztreppe führte hinauf ins Dachgeschoss. Hier lagerte in verschlossenen Verschlägen, was nicht mehr gebraucht wurde. Das Turmzimmer hatte der junge Abgeordnete vor Jahren auf der Suche nach einem Liebesnest gefunden. Die Tür war von einem Regal verdeckt, als habe sie versteckt werden sollen. In dem Zimmer fand sich eine verstaubte Bibliothek, deren Wert der junge Mann zunächst nicht erkannte. Erst später, als er einige Bücher zum Antiquar nach Kiel mitnahm, entdeckte er die Einnahmemöglichkeiten aus der Bibliothek. Dann hatte ihn sein Onkel beim Stöbern überrascht. Seitdem hatten sie als Kumpane manchen wertvollen Band versetzt. Die Regale wiesen bereits große Lücken auf.

„Fang du auf der Seite an, ich suche anders herum."

Die mannshohen Regale waren fest an den Wänden des achteckigen Turms befestigt, nur die kleinen Fenster und die Tür blieben ausgespart. Ein ebenfalls achteckiger Tisch stand in der Mitte des Raumes unter einer Kuppel. Stühle oder Sessel hatten gefehlt; sie hatten auf dem Dachboden zwei Klappstühle gefunden. Mit einem langen Kabel hatten sie Strom von einer entfernten Steckdose herangeführt. Eine altertümlich anmutende Stalllaterne, an einem Haken aufgehängt, spendete dort weißes Licht, wo es gebraucht wurde.

Die Männer suchten intensiv. Sie prüften das Alter der Bücher, ob es sich um Erstausgaben handelte oder ob sich wertsteigernde Signaturen in ihnen befanden. Einige Erfahrungen hatten die beiden Komplizen ja schon gesammelt. So hatte eine Bibel aus dem Jahre 1536 über 1.000 Euro gebracht. Ein Band mit Kupfertafeln aus Westfalen gar 2.000 Euro. Aber meistens waren die Beträge geringer; so mussten mehrere Bücher dran glauben.

Ludwig Kron hatte einen Stapel von Aktenstücken und einzelnen Blättern, unter einer dicken Staubschicht verborgen, entdeckt. Um zu erfahren, was sich in dem Stoß verbarg, musste jedes Blatt und jeder Ordner gesichtet werden. Stöhnend machte sich der Abgeordnete an die Arbeit. Er fand Blätter mit Haushaltsabrechnungen, schmale Hefte mit Wirtschaftszahlen, auch einige Schulhefte und Kinderzeichnungen. Der Haufen hatte wohl alles aufgenommen, was anderswo nicht hin passte. Ludwig wollte den Rest bereits zurück auf seinen Platz legen, da fühlte er etwas Samtenes. Er zog eine mit ehedem wohl rotem Samt bezogene Mappe hervor. Darin geschützt lag ein Bündel Briefe. Mit seinem Taschenmesser trennte der Abgeordnete den Faden, der die Schriftstücke zusammen hielt. Hatte auch die prächtige samtene Abdeckung an Farbkraft verloren, die Briefe waren hervorragend erhalten. Vieles konnte der

Abgeordnete nicht lesen, er rief seinen Onkel zur Hilfe. Der wurde immer aufgeregter, bis er schließlich mit seiner Erkenntnis heraus platzte:
„Du, ich glaube, das ist ein Treffer. Das sind Briefe von Goethe an die Gräfin Stolberg."
„Das reicht. Ich fahre gleich morgen zu Eschenburg. Mal sehen, was der alte Knülch rausrückt. Aber dafür muss er bluten!" Ludwig Kron griff nach der Mappe.
„Nein! Lass uns die Briefe erst lesen. Vielleicht steht etwas darin, das den Preis hebt."
„Na gut", sagte der Jüngere, öffnete die Mappe und begann die Blätter zu zählen. „37 Seiten. Die sollten es morgen auch noch sein!"
„Du kannst ja einige abnehmen. Wirst dich schnell an Goethes Klaue gewöhnen."
„Nein danke, mach du man. Aber hast du etwas Geld für mich? Bin total pleite."
Der Onkel steckte seinem angeheiratetem Neffen ein paar Scheine zu, woraufhin der verschwand.

Im Herrenzimmer brannte spät in der Nacht noch Licht. Joachim Hansen entzifferte die Briefe des großen Goethe. Er verglich die Texte mit im Internet veröffentlichten Handschriften, prägte sich typische Eigenarten der Goetheschen Handschrift ein und las schließlich recht flüssig Briefe über Kunst, über Literatur und über die Liebe. Und dann stolperte er über den Schluss eines Briefes.
„Liebste Gräfin", hieß es da, „... und sende ich Ihnen im Vertrauen auf Ihre große Verschwiegenheit den Andruck meines neuesten Werkes *Seerosen und Lotosblüten*'.
Es erinnert an unser Schicksal, Gräfin. Zwei außerordentliche Leben erblühen und verblühen, miteinander korrespondierend, nie zueinander findend.
Senden Sie mir das Buch bitte mit geneigten Anmerkungen zurück – oder halten Sie es in Ehren."

„Seerosen und Lotosblüten"? Joachim eilte zum Computer. Aber weder Seerosen noch Lotosblüten waren in einem Werkverzeichnis zu finden. Eine unbekannte Schrift Goethes. Vielleicht hier im Haus? Eine Sensation.

2.

Ludwig Kron war von der Villa seiner Tante direkt in den „Köpi Treff" gefahren. Was mit dem Auto nur wenige Minuten brauchte, war mit dem Fahrrad eine mühselige Strampelei. Und wer sich die Führung der Radwege ausgedacht hatte, war wohl niemals mit dem Fahrrad unterwegs gewesen. Vom Kreisel in die Bahnunterführung hinein schaltete Kron in den fünften Gang und trat kräftig in die Pedale. So rollte er fast die gesamte Gegensteigung bis zur Ampel hoch. Diese war gerade grün, so dass er mit einem Schwung beinahe in die Köpi Stube hinein fahren konnte. Schwer atmend ließ sich der massige Mann auf die erste der mit rotem Kunstleder bezogenen Bänke sinken. Ümit, der Wirt, lächelte ihm grüßend zu und machte sich, ohne lange zu fragen, daran, sein Getränk vorzubereiten: Jäger Combo. Ein Bier und ein Jägermeister. Die Beliebtheit dieser Combo, so verspricht die Werbung, erfüllt die urmenschlichen Bedürfnisse nach Frische, Geschmack und Geselligkeit. Der Abgeordnete wollte mehr davon.

„Heute bitte ein Orchester!" rief er durch den Raum. Das war die Sprachregelung dafür, dass er heute einen doppelten Jägermeister wollte. Ludwig Kron steckte sich eine Zigarette an. Niemanden kümmerte hier das Rauchverbot.

„Bitte schööön!" Der Wirt stellte den Jägermeister auf den eigens für die Combo-Aktion geschaffenen

Bierdeckel, der eigentlich aus zwei Bierfilzen bestand: Einem für das Bier und einem kleineren für den Jägermeister. Der Abgeordnete wusste, dass er aufgrund Ümits Schanktechnik auf das Bier etwas warten musste. So biss er von dem Jägermeister einen Schluck ab und sah sich um. Er suchte die Blicke der Gäste. Das Zwillingspaar stand am Winkel des Tresens. Zwei zum Verwechseln ähnliche Männer, Zimmerleute. Dem einen hatte er vor ein paar Tagen eine Chronik des Schützenvereins mitgebracht. Aber welchem? Beider Großvater war in der Chronik verewigt. Als Büchsenmacher hatte er sich um die Flinten der Schützen gekümmert. Lässig winkten die beiden herüber.

Neben ihnen stand der Knoblauchfreund. Er aß zu allem Knoblauch, spickte sogar Würstchen mit Knoblauchzehen und rieb das Gewürz in die Schlagsahne zu Erdbeeren. Immer trug er ein Leckerli für Hunde bei sich. Er war in ein Gespräch mit dem alten Gaardener vertieft, der an seiner Wollmütze eine Reihe von Anstecknadeln spazieren führte. Im offenen Nebenraum wurde Dart gespielt. Kron hatte beim Zusehen das Spiel immer noch nicht ganz begriffen. Irgendwie war das wie „Mensch ärgere dich nicht". Laut wurde es, wenn einige nahe vor dem Ziel stehend die präzise Zahl zum Abschluss treffen mussten.

„Bitte schööön!" Jetzt kam das Bier. Nun war der Jägermeister aber alle, und Kron bestellte gleich ein neues Orchester. Er nahm einen großen Schluck Bier. Zur Ruhe gekommen überlegte der Abgeordnete. Langfristig viel Geld zu verdienen, und dazu steuerfrei, das war gut. Aber er brauchte schnell Bares. Da kam ihm eine Idee. Er nestelte nach dem Handy in seiner Jackentasche.

„Ja, bitte, mit wem spreche ich?"

Der Antiquariatsbuchhändler Harald Eschenburg hatte eine Flasche Rotwein geöffnet und guckte einen Tatort.

Die Art des Kieler Kommissars Borowski gefiel ihm. Nicht so zwanghaft dynamisch, der Mann.
„Mit deinem besten Lieferanten, der brennend heiße Ware hat."
„Ach, der Herr Abgeordnete. Haben Sie wieder einmal eine Erstausgabe auf dem Speicher gefunden?" Schwang da Spott mit in der Stimme des Buchhändlers? Kron ging darüber hinweg.
„Was würdest du sagen, wenn ich ein vergessenes Werk von Schiller hätte? Original Andruck!"
„Unsinn, würde ich sagen, Sie haben doch nur Goethe. Und bei dem gibt es tatsächlich einige graue Stellen", bluffte der Antiquar.
„Egal. Was wäre solch ein Teil denn wert?"
„Hmm, das wäre schon eine Sensation. Man muss vieles bedenken. Urheberrecht, Erben, Stiftungen…"
„Ich habe dich nicht als Bedenkenträger angerufen. Nenne eine Summe, oder ich frage andere", drängte der Abgeordnete.
„Wenn das Werk echt ist, es aufgeführt werden kann und ich alle Verwertungsrechte bekomme, reden wir über Millionen."
„Millionen! Mann!", entfuhr es Kron. Zu laut. Trotz der Musik, die im Köpi immer dudelte, wenn nicht gerade Fußball angesagt war, hatte man das Wort am Tresen verstanden.
„Hast du im Lotto gewonnen? Dann vergiss uns nicht. Als kleinen Vorschuss kannst du ja schon mal einen ausgeben", forderte jemand vom Tresen herüber.
Unwirsch winkte Kron ab. Leiser sprach er ins Mikrofon:
„Wie wäre es da mit einem kleinen Vorschuss? 20.000 Euro würden mir sehr helfen."
„Da muss ich aber vorher Konkreteres haben."
„Bekommst du, alter Pfennigfuchser, bekommst du! Morgen schon."

Der Abgeordnete klappte das Handy zu, steckte es in die Tasche und rief mit einer ausgreifenden Geste: „Eine Runde für alle!"

3.

Als Ludwig Kron im Turmzimmer ankam, war sein Onkel bereits bei der Arbeit. Kron blieb in der Tür stehen und sah schweigend zu, wie Hansen ein Buch nach dem anderen aus dem Regal nahm, es abstaubte, aufblätterte, hineinsah und es an einem anderen Platz wieder abstellte.
„So verbissen, wie der arbeitet, hat er das Buch bestimmt noch nicht gefunden. Das ist keine Schau", dachte der Abgeordnete und räusperte sich. Hansen fuhr herum.
„Steh da nicht rum, hilf lieber!" bellte er den Jüngeren an. „In den Briefen war sonst nur platonisches Süßholzgeraspel. Keine weitere Spur auf das angekündigte Manuskript."
Er pustete Staub vom Rücken eines Buches in Ludwigs Richtung. Hustend deutete der auf ein Regal:
„Soll ich da anfangen?"
Der Angesprochene nickte. Gemeinsam nahmen sie den Kampf mit dem Staub auf. Jedes Buch wurde in die Hand genommen und geprüft. Zwar fanden die beiden Männer einiges, was Wert haben konnte. Aber von Goethe standen nur die fünfzehn Bände der Cotta – Ausgabe von 1881 im Regal, mit goldgeprägtem Lederrücken und offenbar häufig genutzt. Dazu einiges an Sekundärliteratur. Alles nicht besonders wertvoll. Mit verstaubten Händen und Gesichtern setzten sich Hansen und Kron am frühen Nachmittag an den achteckigen Tisch. Die durch das kleine Turmfenster eindringenden Sonnenstrahlen spielten mit dem aufgewirbelten Staub.

„Nichts, rein gar nichts!" fluchte der Abgeordnete.
„Lass uns nachdenken. Für die Ankündigung, es gäbe ein unbekanntes Goethe-Werk, zahlt uns niemand etwas. Es sei denn…" Joachim Hansen lächelte versonnen.
„Was sei denn! Wo nichts ist, hat der Kaiser sein Recht verloren!"
„Lass nur. Wo nichts ist, muss etwas hin! Ich erzähle es dir auf der Fahrt. Zunächst aber lass uns den Staub der Literatur abspülen."
In seinem alten Daimler Diesel erklärte Joachim Hansen seinem Neffen den Clou.

Der Antiquar Harald Eschenburg empfing die beiden Männer in seinem Studierzimmer. Er wies ihnen die Sessel vor dem schweren Schreibtisch zu und schenkte einen kräftigen Tempranillo aus La Mancha ein.
„Wie Don Quijote und Sancho Panza", dachte der Bibliomane, hob das Glas und prostete seinen Besuchern zu:
„Zum Wohle. Aber wo ist denn die Sensation, die Sie mir mitbringen wollten?"
Er lauerte aus seinem alten, mit geprägtem Leder bezogenen Drehstuhl aus Mahagoniholz über den Schreibtisch hinweg seine Gäste an. Joachim Hansen legte den Goethe-Brief, den er in eine Klarsichtfolie gesteckt hatte, auf den Tisch. Gierig griff der Antiquar zu, las lange und sorgfältig. Dann blitzte er die beiden an:
„Ja – und wo haben Sie den Andruck?"
„Sicher verwahrt. Sie denken doch nicht, dass wir mit dem wertvollen Werk so einfach durch die Gegend kutschieren", sagte Hansen. Und sein Neffe rief erregt:
„Aber ein Vorschuss ist doch wohl drin. Wie beim Poker. Wer sehen will, muss etwas einsetzen. So dreißigtausend?"
Aus Eschenburg platzte ein glucksendes Lachen. Er erhob sich, ging an die schwere Bücherwand in seinem

Rücken, öffnete einen von Büchern verdeckten Tresor und entnahm ihm ein Bündel Geldscheine.
„Fünftausend! So gut ist euer Blatt auch wieder nicht. Fünftausend für den Brief. Und für das Recht, den Andruck zu sehen. Als erster."
Der Abgeordnete wollte das Geld ergreifen, aber Hansen kam ihm zuvor, schob die Scheine zu dem verdutzten Antiquar zurück und ergriff den Goethe-Brief.
„Ich glaube, ich habe Sie überschätzt, Herr Eschenburg. Scheint eine Liga zu hoch für Sie zu sein."
Er stand auf und stieß seinen Neffen an, es ihm gleich zu tun. Zurück ließen die beiden Bordesholmer einen verdutzten und verwirrten Buchhändler.
„Bist du verrückt! Ich brauche die Kohle!" schimpfte Ludwig Kron auf dem Weg zum Parkplatz. Als sie wieder im Wagen saßen, sagte sein Onkel:
„Beruhige dich. Dieses Projekt wird viel, viel mehr abwerfen. Ich werde dir Geld geben. Erst einmal." Und dann fügte er hinzu: „Vor allem aber brauchen wir dieses verflixte Goethe-Buch!"

4.

Adelheid Weimar stand an der steilen Treppe zum Dachboden und lauschte. Sollten sie ihre Sinne wieder getäuscht haben? Nichts war jetzt zu hören. Dabei meinte sie eben auf der Veranda, leises Lachen und Flüstern vom Dachboden herunter gehört zu haben. Wo war eigentlich Paula? Sie hatte das Hausmädchen zum Einkaufen geschickt. Das war jetzt aber auch schon über zwei Stunden her. Und Joachim? Der war mit seinem Neffen unterwegs. „Wichtige Geschäfte", hatte er ihr zugerufen und war verschwunden. Angestrengt lauschte sie noch einmal nach oben. Wegen ihres versteiften

rechten Knies traute sich die Hausherrin nicht die steile Stiege hinauf. Sie wandte sich ab und ging, auf ihren schwarzen Gehstock mit dem silbernen Handgriff gestützt, zurück zur Veranda, wo sie sich in einen der tiefen Rattan-Sessel fallen ließ:
„Joachim ist so oft weg, und Paula läuft nur noch fröhlich trällernd durch die Gegend. Ich werde ein Auge auf die beiden haben müssen", murmelte sie vor sich hin und blickte über die Kronen der mächtigen Linden, die vom Fuße des Hanges herauf wuchsen, hinweg auf den See, in dem sich der blaue Himmel spiegelte.
Ihre Gedanken schweiften zurück, hin zu dem verhängnisvollen Tag, an dem man ihr die Nachricht brachte, ihr erster Ehemann sei bei einem Verkehrsunfall ums Leben gekommen. Ein Schock, dessen depressive Folgen sie immer wieder durchstehen musste. Sie fühlte sich einsam in dem großen Haus. Rat fand sie bei einer Psychologin. Die monatlichen Gespräche bauten ihr Selbstbewusstsein auf. Sie beschloss nach ausgiebigen Überlegungen, nicht mehr allein zu bleiben und aktiv nach einem Partner zu suchen. In der „ZEIT" annoncierte sie:
„Schleswig-Holstein
Du, (+/-50), mit Humor, Geist und Interesse an Kultur sollst mich finden. Ich suche den Mann, mit dem eine bereichernde, nicht einschränkende Beziehung Wirklichkeit wird. Bin 57, schlank, weiblich, liebevoll und zärtlich. Bildzuschrift bitte an ZA 235467 DIE ZEIT Hamburg."
Die Worte „warmherzig" und „leidenschaftlich" hatte sie nach langem Zögern aus dem Entwurf gestrichen. Sie bekam achtundvierzig Angebote. Drei Wochen sortierte sie. Zwanzig Briefe legte sie sofort beiseite. Seltsame Typen, die gleich von Sex redeten oder von Geld. Dreiundzwanzig fielen der zweiten Durchsicht zum Opfer. Wegen frecher Formulierungen, des Aussehens oder der noch vorhandenen familiären Bindungen. Über

fünf Briefen brütete Adelheid Weimar eine Woche. Dann fiel ihre Wahl auf Joachim Hansen. Auf dem Foto strahlte sie ein Mann vom Typ Sean Connery an. Gereift und leicht ergraut wie James Bond in „Sag niemals nie". Auch die Größe passte; der Mann war 1,80 Meter groß. Aber das Alter! Nicht 50 plus – minus war er, sondern 40 plus. Er hatte es vom Radio- und Fernsehtechniker bei der Firma Mars bis in die Geschäftsführung gebracht. Aber er schrieb amüsant. Man merkte, Literatur war sein Hobby. Adelheid las den Brief Mal um Mal, bis sie schließlich zum Telefonhörer griff. Er war überrascht, hatte nicht mehr mit einer Reaktion auf seinen Brief gehofft. Sie verabredeten sich zu einem weiteren Telefonat, auf das dann beide vorbereitet waren, und trafen sich schließlich in der Villa Coloniale neben der Alten Linde zum ersten Mal. Adelheid gefiel, wie Joachim souverän und umsichtig die Bestellung managte. Nach der Pasta ergriff er die Initiative und schlug vor, jeder sollte seine Wünsche und Vorstellungen dem anderen unterbreiten. Er ließ ihr die Wahl, wer beginnen sollte. Adelheid fing an. Es wurde ein intensiver Austausch. Als Joachim sich schließlich von ihr verabschiedete, ließ Adelheid einen Kuss auf die Wange zu.

Zu Hause holten Joachim Hansen seine alltäglichen Sorgen sofort wieder ein. Die Rechnungen und wiederholten Mahnungen auf dem Schreibtisch häuften sich, und in einem parfümierten Brief beklagte eine Freundin die Trennung. Diese Adelheid könnte seine Rettung sein!

Das Hamburger Hotel „Atlantic" schickte jährlich Prospekte, seit Adelheid mit ihrem ersten Ehemann dort ein Wochenende verbracht hatte. In diesem Jahr ließ sie den Brief auf ihrem Schreibtisch liegen. Rechtzeitig vor Weihnachten reservierte sie dann eine Suite. Eine

Hochzeitssuite. Dann war sie einige Tage unsicher. Wie würde er reagieren, der viel jüngere Mann? Das „Atlantic" tat seine Wirkung auf Joachim. Die festlich geschmückte Eingangshalle beherrschte ein riesiger Weihnachtsbaum, golden und rot dekoriert. Auch die Kronleuchter und goldene Vasen waren zum Weihnachtsbaum passend geschmückt. Festlicher ging es nicht. Sie bekamen die Suite 107. Mit wissendem Blick händigte der Portier die Einlasskarte aus. Im zweiten Stockwerk öffnete ihnen ein Zimmermädchen die Tür. Ein großartiger Blick über die beleuchtete Innenstadt bot sich ihnen. Die Angestellte wünschte Glück und verabschiedete sich. Joachim sah den großen Blumenstrauß auf dem Tisch, darin eine Karte, und er begriff. Adelheid lächelte, noch etwas unsicher:
„Na, Überraschung gelungen – und akzeptiert?"
„Ja. Gelungen. Und akzeptiert." Sie sanken sich in die Arme.

„Kann, was so schön begann, so profan enden?" Die stolze Ehefrau blickte über den See, in dem sich jetzt die Abendsonne spiegelte. „Nein, sie würde kämpfen um ihre Ehe. Kämpfen!" Trotzig umklammerte Adelheid Weimar-Hansen den Griff ihres Gehstockes.

5.
Weniger der neue, schimmernde Ring, den sie an ihre Hand gesteckt hatte, mehr schon war es die feine, weiße Bluse, die ihn erstaunte. Gewiss. Paula war auch so schön und verführerisch. Nur diesmal nicht wie er sie kannte, im T-Shirt, nichts drunter, Natur pur, Weib pur, ungestüm und fordernd.

Nein, sie hatte es nicht eilig, heute. Warf nicht einfach die Kleidung von sich, irgendwo hin, ins Dunkel der staubigen Nische, die sie sich unter der Luke des Dachbodens für ihre Lust eingerichtet hatten. Lauerte nicht ungeduldig auf seinen Überfall. Stürzte sich auch nicht hastig auf ihn wie sonst, wenn er sich zu viel Zeit beim Entkleiden nahm. Still und verlangend schaute sie ihn an. Wartete ab. Beobachtete ihn. Dann, als ihre Blicke sich trafen, als sie spürte, wie verwirrt er war, öffnete sie den Mund und lächelte. Ohne Eile begann sie, die Schleifen ihrer feinen weißen Spitzenbluse zu lösen. Ein wenig belustigt, wie ihm schien. Als kostete sie seine Verwunderung aus, als darunter kostbare Dessous hervor lugten, die verhüllten, was sich sonst nackt und bloß an ihn gedrängt hatte. Geschenkpackungen, die beachtet, bewundert und schließlich zärtlich geöffnet werden wollten, ehe sie ihre Köstlichkeiten preisgeben würden.

Eine neue, fremde Paula saß vor ihm. Doch nein, nicht einfach Paula. ‚Paula' war plötzlich zu primitiv. Paulinchen? - Zu kindlich. Er suchte nach einem raffinierteren, eleganteren Namen und sah sie in einen polnischen Salon der Zwanzigerjahre vor sich. ‚Agnieszka' lag ihm auf den Lippen, obwohl, unschuldig[1] war sie gewisslich nicht. Nur scheinbar keusch und unerreichbar. Aber scheinbar nur. Doch was soll's? Name ist Schall und Rauch. Doch. Agnieszka, das passte. Hatte was. Morbide Paradoxie. Kühl, stolz, jungfräulich und doch nur mühsam und aufreizend die verlangende Magma zurückdrängend, die sie spitzbübisch unter durch-

---

[1] *Agnieszka* ist die polnische Variante von Agnes. Die Bedeutung ist also "die Keusche", "Reine", "Lamm Gottes", "das Lämmchen" (latein.). Die Buchstabenkombination "sz" wird wie das deutsche "sch" ausgesprochen. Quelle: www.babyvornehmen.de

scheinenden Hüllen zu verbergen vorgab. Darunter fing es bereits gefährlich zu brodeln an, jederzeit bereit hervorzuschießen, alles erobernd unter sich zu begraben und sich einzuverleiben. Sie hielt inne. Rührte sich nicht, bis er zu ihr rückte und die Schleifchen und Knöpfe gemeinsam mit ihr öffnete. Agnieszka führte ihn. Ließ sich Zeit. Erlaubte keine Eile. Die plötzlich geadelte kleine Polin lächelte wie eine Prinzessin. Fordernd, stolz und hingebungsvoll.

Nicht dass er hübsche Verpackungen nicht gekannt hätte, das pikante Zeremoniell der behutsamen Enthüllung nicht schon früher oft und gern mitgemacht hätte. Aber bei Paula, so plötzlich zu Agnieszka mutiert, wusste er nicht, woran er war. Er streckte die Arme nach ihr aus, nahm ihren Kopf zwischen seine Hände und küsste die kleine Polin auf die Stirn. Da drehte sie sich, und seine Hände glitten von ihren Locken auf die Schultern. Häkchen für Häkchen öffnete er das letzte kostbare Kleidungsstück, bis es ihren schönen Rücken freigab, den er mit seinen Lippen berührte und mit seinen Haaren streichelte, und die suchenden Hände fanden, was zu halten sie ersehnten. Sie ließ es sich gefallen, und endlich, von all ihren duftenden Umhüllungen befreit, bekam er sie nun doch wieder, seine kleine geliebte schmuddelige Paula, ehemals Zimmermädchen im noblen Daria Dworek Myśliwski Hotel in Lodz. Jetzt züchtige Hausangestellte seiner strengen Tante, die von alledem nichts ahnte.

Auch tags darauf trug sie ihren kostbaren Ring. In Gegenwart ihrer Herrin verbarg sie ihn. Kein großer Diamant. Ein ovaler Stein, im Sonnenlicht mal rot, mal bläulich schimmernd. Zweifellos ein guter Opal. Wohl an die tausend Euro wert. Sollte er sie doch bitte glücklich machen und kein Unheil bringen! Blöder Aberglaube.

Ludwig wusste, er besaß sie nicht allein. Teilte seine Beute wieder einmal mit dem Onkel. Gewiss hatte Joachim Hansen den Schmuck für sie ausgesucht und auch, was er ihr in der Nacht ausziehen wollte und was sie auch ihm, Ludwig, unbedingt hatte vorführen müssen.

Ludwig erinnerte sich, dass auch er früher gern vor den die Fantasie beflügelnden Schaufenstern der Miederwarenboutiquen stehengblieben war. Die Auslagen bei Johanna Schweim waren seine bevorzugte Augenweide gewesen, wenn er in Kiel flanierte, und hatten seine Träume beflügelt. Damals, als er gerade neu Abgeordneter geworden war, gern vom Landtag kommend an der „Küste" vorbei spazierte, auch wohl mal einen Blick ins „Centrum" warf, ab und zu auch eine halbe Stunde dort verschwand.

Das war, bevor seine Parteifreunde ihn ermahnt hatten, untadelige Gesinnung zur Schau zu tragen und seinen ohnehin nicht besonders guten Ruf etwas zu pflegen.

„Zu Hause kannst du tun und lassen, was du willst. Kannst dich besaufen, kannst mit Weibern rummachen, von uns auch kiffen und Pornos ansehen. Aber in der Öffentlichkeit hast du korrekt und nüchtern zu sein. Kannst nicht einfach Auszeit am Hafen nehmen, nicht stundenlang vor Schaufenstern stehen bleiben und Damenwäsche anstarren. Du weißt, es gibt viele, die dich beobachten und dich nur allzu gern im Landtag ersetzen würden."

Recht hatten sie. Und seither waren ihm die häufig wechselnden weiblichen Haushaltshilfen seiner eigensinnigen aristokratischen Tante eine willkommene Abwechslung für seine ehelichen Pflichten. Heimliche Techtelmechtel, ab und zu ein wenig zu viel Alkohol - oder auch stärkere Sachen - und natürlich ... na ja, man war ja schließlich Mann und Frau. Notfalls auch ein

wenig Geld, sie sich willens zu machen. Wenn er gerade mal flüssig war...
Mit Paula ging es nun schon eine ganze Weile. Ohne Geld. Reine Lust. Auf beiden Seiten. Sie mochte Likörchen. Er Whiskey. Scotch, wenn er mit ihr war. Bourbon beim Herrenabend mit seinem Onkel. Onkel Joachim war also wieder einmal sein Rivale. Rivale, gewiss. Aber was heißt schon Rivale? Ludwig betrachtete sie nicht als seinen Besitz. Wollte er auch nicht. Zeitvertreib. Schöner Zeitvertreib. Paula sah es offenbar ebenso. Und so lange es ihr bei ihm gefiel und sie ihm gefügig war... Soll sie doch den alten Onkel nebenher auch noch beglücken. Vermutlich ahnte der nicht, bei wem sie sich in Wahrheit auslebte. Soll sie sich doch ihre Juwelen bei ihm verdienen! Allerdings waren ihm die lässigen verwaschenen, vielleicht gar noch in Polen aus Hotelzimmern gestohlenen Höschen lieber als ihre neue teure Meislahnausrüstung. War Onkels Stil. Nicht seiner, noch weniger ihrer. Maskerade. Würde sich von allein wieder geben. Und so war es.

Eigentlich sogar ganz praktisch, die Teilhabe des Onkels an Paulas Liebesleben: Im Falle eines Falles – ein wenig unzuverlässig war sie ja nun mal, weshalb sie auch kürzlich um ein Haar von der Tante gekündigt worden wäre, wenn nicht er und der Onkel unisono Fürbitte getan hätten – also im Falle eines Falles würde er mit Paulas Hilfe seinem Onkel alle Verantwortung in die Schuhe schieben können. Er würde gewiss eine von ihm erzeugte Schwangerschaft von Paula als Aufwertung seiner Männlichkeit begrüßen. Tante wiederum würde Stillschweigen bewahren, da nicht sein kann, was nicht sein darf.

Über Monate ging es so zur größten Zufriedenheit aller weiter. Paula sang bei der Arbeit fröhlich polnische

Liedchen, Tante Adelheid wurde liebenswürdig bedient, ihr Gatte hütete sich aufzufallen und unterdrückte seine sarkastischen Bemerkungen, mit denen er die Frau Gemahlin so gern provozierte und verletzte. Und Neffe Ludwig kam öfter vom Landtag her gleich ins herrschaftliche Haus als je zuvor.

Die schönen Stunden mit Paula fanden an einem Samstagabend ein jähes unerwartetes Ende. Nicht, dass sie etwa, ein Kind unter ihrem Herzen tragend, der Lust hätte entsagen wollen. Nicht, dass Onkel oder Tante ihrem Neffen auf die Spur gekommen wären, nicht dass Tante das Mädchen nun doch rausgeschmissen hätte. Ganz im Gegenteil: Das junge Pärchen hatte sich wieder einmal lustvoll gebalgt, doch die wunderschöne Liebesnacht sollte Paulas letzte sein:

Als sie aufsprang, und begann, auf den alten Bodendielen zu tanzen, nahm sie hinter sich einen Schatten wahr. Sie kam bis zur Treppe. Dann ein plötzlicher Schmerz. Ihr Kopf brannte wie Feuer. Alles drehte sich. Verzweifelt tastete sie nach dem Lauf des Treppengeländers, doch ihre Hand rutschte von dem glattpolierten Holz ab und griff ins Leere. Ein Ruck durchzog ihren Körper. Ihr schoss das Blut in den Kopf, ihre Augen weiteten sich und quollen beinahe aus den mit langen Wimpern umrandeten Höhlen. Schweißperlen schossen aus den Poren ihrer Haut und schimmerten glänzend im fahlen Licht. Tonlos öffnete sie den Mund - ihr Schrei erstickte. Ihr Körper knickte ein, und die Leichtigkeit des Fallens trug sie für Sekunden.

Sie schlug hart auf und spürte einen stechenden Schmerz in der Schulter. Mit den Armen und Beinen versuchte sie sich krampfhalt zu halten, doch die Schwerkraft zog sie unaufhaltsam nach unten.

Sie verlor jegliche Kontrolle.

Und wieder ein Schlag, ein hartes Aufkommen – ein Knacken .

Aber das konnte sie niemandem mehr erzählen. Der Moment, wo ihr das Leben von einer Minute zur anderen gewaltsam entrissen wurde, blieb allen verborgen. Weich lag ihr Kopf mit aufgerissenen Augen auf dem Teppich. Ein Rinnsal von warmem Blut lief aus ihrer Nase.

6.

„Ich kenne Sie zwar persönlich", begann Hauptkommissar Bielfeld seine Befragung als Chef der Mordkommission in seinem tristen Kieler Polizeibüro, „schließlich sind wir beide Bordesholmer Bürger - und nicht ganz unbekannte noch dazu -, aber lassen Sie uns dennoch zunächst die Formalien erledigen."
Bielfeld schaute auf das vor ihm liegende Schriftstück.
„Ludwig Kron, Landtagsabgeordneter, geboren 1969, wohnhaft in Bordesholm, Eiderstede 4. Richtig?"
„Richtig"
„Und nun schildern Sie bitte noch einmal den Verlauf des besagten Samstagabends, bis Sie das Haus verlassen haben."
MdL Ludwig Kron besann sich einen Augenblick. Dann begann er:
„Wie ich Ihnen eben schon sagte, das Ganze hat sich folgendermaßen abgespielt:
Zusammen mit der polnischen Hausangestellten war ich einer alten Bitte meiner Tante nachgekommen. Wir haben gemeinsam an dem Abend den Speicher aufgeräumt, der über und über mit verstaubtem altem Hausrat, vor allem aber einer großen, nicht minder staubigen antiken Bibliothek des verstorbenen Uronkels gefüllt ist. Am Ende der mühsamen Arbeit habe ich

zusammen mit der Hausangestellten – Paula heißt sie, der Nachname ist mir nicht bekannt, sie wurde immer nur Paula genannt – also wir haben es uns nach getaner Arbeit oben auf dem Dachboden noch ein Weilchen gemütlich gemacht und ein Gläschen mit einander getrunken. Paula hatte Knabbersachen gebracht, sich von Tantes Likörchen ein Fläschchen geholt und mich mit Onkels Whiskey bedient. Doch da ich mich meiner Frau nicht betrunken präsentieren wollte, verabschiedete ich mich nach kurzer Zeit."
„Bis dahin haben Sie im Haus nichts Ungewöhnliches beobachtet?"
„Nein. Der Unfall ist später geschehen. Als ich nicht mehr da war."
„Wann sind Sie gegangen?"
„Es muss etwa zehn Uhr gewesen sein. Ja, stimmt. Die Glocken der Klosterkirche schlugen."
„Haben Sie die Haustür verschlossen, als Sie gingen?"
„Nein. Das war Paulas Aufgabe."
„Wie und wann erfuhren Sie von dem Todesfall?"
„In der Nacht kam der Anruf. Die offenbar völlig fassungslose Tante brüllte ins Telefon: ‚Komm, komm, sofort! Es ist schrecklich!'. Ich zog mich an, nahm mein Fahrrad und fuhr so schnell es ging zu ihrer Villa. Tante Adelheid führte mich heulend hinauf zum Treppenabsatz.
Und da lag Paula leblos am Fuße der Speichertreppe. Ich alarmierte den Notruf und bestellte den Unfallwagen. Den Rest kennen Sie aus dem Einsatzbericht des Notarztes."
„Um wie viel Uhr geschah der ‚Unfall', wie Sie sich ausdrücken?"
„Das kann ich nicht sagen. Wie gesagt, es war kurz vor zehn Uhr, als ich gegangen bin. Der Anruf kam viel später. Meine Frau und ich schliefen schon. Wir haben getrennte Schlafzimmer. Ich habe nicht auf die Uhr

geschaut, schätze aber, es war gegen Mitternacht. Der Notdienst wird es Ihnen genauer sagen können."
„Sie halten das tragische Ereignis, das der bedauernswerten jungen Frau das Leben kostete, offenbar für einen Unfall?"
„Was sonst?"
„Ich möchte keine vagen Vermutungen anstellen. Aber eine junge Hausangestellte fällt normalerweise nicht einfach ohne Einwirkung eines Dritten mitten in der Nacht im Stockfinsteren eine Speichertreppe hinunter."
„Es könnte beim Wegräumen der Flaschen und Gläser passiert sein. Wie gesagt, wir hatten ein wenig getrunken, und sie musste noch abräumen. Vielleicht hat sie auch allein noch weiter getrunken, ein wenig mehr als sie vertragen konnte. Likör mochte sie recht gern."
„Beim Abräumen, vermuten Sie, ist sie die Treppe hinabgestürzt. Vermuten Sie. Dann hätte wohl noch Licht gebrannt, und Gläser oder Flaschen wären mit ihr zusammen die Treppe hinunter gefallen."
„Und? Haben Sie Scherben gefunden?"
„Eben nicht. Und das Licht war aus. So die Aussage Ihrer Tante."
„Vielleicht war sie genau deshalb noch einmal zurückgekommen, weil noch Licht brannte, und sie ist hinaufgegangen, um es zu löschen."
„Wohl kaum. Wie Sie vermutlich wissen, gibt es am Fuße der Treppe einen zweiten Lichtschalter für den Speicher. Und die Hausangestellte hätte das Licht von dort aus löschen können, ohne noch einmal hinaufzugehen."
„War es denn noch an, als der Unfall entdeckt wurde?"
„Schwer zu sagen. Ihre Tante sagt, es war stockfinster im Haus."
„Eigenartig."
„In der Tat. Wer hat Ihres Wissens Zugang zum Haus Ihrer Tante?"

„Das entzieht sich meiner Kenntnis. Da sollten Sie die alte Dame selbst fragen."

„Waren Sie an dem fraglichen Abend allein im Hause Ihrer Tante?"

„Ja. Genauer: allein mit der Hausangestellten. Die Tante war mit ihrem Frauenverein zu einer Theateraufführung in Hamburg. Der Onkel bei einem Schützentreffen."

„Wem außer Ihnen war bekannt, dass Ihre Tante und Ihr Onkel an diesem Abend nicht zu Hause sein würden?"

„Das kann ich nicht sagen. Ich weiß nicht, wer davon erfahren hatte. Aber es war schließlich kein Geheimnis. Die Schützenversammlungen des Onkels sind auf ein Jahr im Voraus terminiert. Die Theaterveranstaltungen des Frauenvereins werden Monate im Voraus geplant. Eigentlich konnte es jeder herausfinden, dass das Haus an diesem Abend leer sein würde – wenn man von der Hausangestellten absieht, die aber für gewöhnlich in ihrem Appartement schläft. Aber warum fragen Sie? Vermuten Sie ein Fremdverschulden?"

„Es ist nur für das Protokoll. Routineangelegenheit."

„Ist sie denn nicht an ihrem Sturz gestorben?"

„Doch, vermutlich. Genickbruch. Neben anderen Verletzungen. Der Befund der Pathologie wird die Details klären."

7.

„Hallo, Gerald, hereinspaziert! Unfall oder nicht Unfall? Das ist meine Frage. Genickbruch, ein bisschen Nasenbluten und sonst nichts?"

„So einfach ist das leider nicht".

„Dacht' ich mir bereits. Hattest schon so ein wichtiges Pathologengesicht aufgesetzt."

Bielfeld setzte sich mit seinem Gast an den Besprechungstisch seines Arbeitszimmers. Gerald Grienau schlug seine mitgebrachte Arbeitsmappe auf und schaute auf den Befundbericht.
„Genickbruch stimmt. Nasenbluten auch. Unfall ist nicht ausgeschlossen. Aber da sind einige Ungereimtheiten."
„Mach es nicht so spannend."
„Tu ich das?"
„Es schien mir so."
„Du weißt doch überhaupt nicht, was wir sonst noch alles herausgefunden haben."
„Wie sollte ich?", fragte Bielfeld. „Ich sehe was, was du nicht siehst?"
„OK", ging Grienau auf Bielfelds Scherz ein. „Schieß los!"
„Ich rate mal: Sie war schwanger, und der heimliche Vater hat ihr nach dem Herzen nun auch noch das Genick gebrochen, ihr Eins auf die Nase gegeben, sie dann vor die Treppe dekoriert und danach das Weite gesucht."
„Haarscharf daneben. Er mag das mit der Vaterschaft vielleicht versucht haben. Ein anderer vielleicht sogar auch noch, und zwar kurz vor ihm oder gar mit ihm zusammen…"
„Was? Das mit der Schwangerschaft?"
„Richtig. Einiges deutet darauf hin."
„Gleich zwei?"
„Es sieht so aus."
„Zwillinge?"
Der Pathologe sah ihn grinsend an.
„Da hast du wohl damals in der Schule gefehlt."
„So was haben wir doch nie gemacht. Jedenfalls nicht mit unserer Biologielehrerin."
„Das merkt man."
„Wieso?"
„Zwillinge!"

„Eineiige, das geht natürlich nicht. Aber zweieiige, wenn sie gleichzeitig..."
„Ich möchte doch sehr bitten, wer von uns beiden ist hier denn nun der Mediziner?"
„Pathologe, denk ich, bist du."
„Eben."
„Also was nun?"
„Es war vergeb'ne Liebesmüh."
„Schade."
„Schade?"
„Schade."
„Wieso?"
„Ein Motiv weniger."
„Sei doch froh!"
„Warum?"
„Eine Spur weniger, die du verfolgen musst."
„Aber wenn man noch überhaupt keine Spur hat?"
„Soll ich helfen?"
„Ich möchte doch sehr bitten, wer von uns beiden ist hier denn nun der Kriminologe?"
„Das ist geklaut."
Bielfeld schaute ihn fragend an.
„Geklaut?"
„Hatte ich dich eben schon gefragt, was mich als Mediziner angeht."
„Na ja, hat mir halt imponiert."
„Danke."
Der Pathologe blätterte in seinem Bericht.
„Nachdem ich dir eine mögliche Spur vermasselt habe, hier ersatzweise ein paar andere."
„Aber mach es diesmal kurz, wenn ich bitten darf. Sonst ..."
„Wollte ich, aber du unterbrichst mich ja dauernd. Also da.."
„Wer unterbricht hier wen, wenn ich fragen darf!", protestierte Bielfeld.

„Du mich. Dauernd. Sollen wir das Band abhören?"
„Wir haben kein Band laufen. Das ist ..."
„Klar. Kein Verhör. Das weiß ich sogar als einfacher Pathologe."
„Da. Siehst du? Schon wieder unterbrochen. Was weißt du denn schon davon, wann man ein Band mitlaufen lassen darf, kann oder gar muss? Wer ist hier denn eigentlich ..."
„.. der Kriminologe. Ich weiß."
„Schon wieder unterbrochen!", frohlockte Bielfeld.
„OK. War das letzte Mal. Versprochen. Also kurz und knapp".
„Ich höre."
„Erstens: Genickbruch, zweitens Nasenbeinbruch. Jetzt dürftest du unterbrechen und sagen *das sagtest du bereits*"
„Tu ich aber nicht."
„Drittens Hinterkopfverletzungen wie von einem Schlag mit einem kantigen Gegenstand, viertens Hautreste unter den Fingernägeln, fünftens keine Schwangerschaft, sechstens Sperma von zwei verschiedenen Personen"
„Männer vermutlich."
„Darf ich weiter?"
„War keine Unterbrechung, war ein Witz."
„Solltest du das nächste Mal dazu sagen."
„Siebtens und vorerst letztens: Fremdhaare von zwei verschiedenen Personen, davon eines nachweislich ein Schamhaar."
„Ziemlich alter Liebhaber also."
„Scherz?"
„Nein. Kriminologie."
„Und wieso keine Liebhaberin?"
„Das ist dein Bier als Pathologe."
„Guter Gedanke. Lädst du mich ein?"

8.

Bielfeld nahm Erika Friedberg mit in die Mordkommission auf. Sie war seine Nachfolgerin als Kommissarin an der Dienststelle Bordesholm. Daher war sie mit den dortigen Verhältnissen vertraut und hatte sich in früheren Fällen immer als ausgezeichnete und couragierte Kollegin erwiesen. Gern erinnerte er sich an die gemeinsame Aufklärung des Falles Dr. Wode vor zwei Jahren, vor allem aber an die schwierige Lösung der heiklen Geschichte um den Tod von Tom Berloni, eines Bewohners des damaligen offenen Vollzuges an der früheren B4, an der sie besonderen Anteil gehabt hatte. Außerdem – auch dafür war er nicht unempfänglich – war sie eine überaus attraktive und sympathische junge Kollegin.

Aufgrund des pathologischen Befundes seines Schulkameraden Gerald Grienau gab er Frau Friedberg den Auftrag, Adelheid Weimar-Hansen, deren Ehemann Joachim Hansen und noch einmal deren Neffen Ludwig Kron zu dem Vorfall zu befragen und von allen dreien DNA-Proben zu beschaffen. Zusammen mit der Spurensicherung sollte sie bei Gelegenheit den Speicher und die Treppe genau unter die Lupe nehmen, an der die Polin tot aufgefunden worden war.

Die Kommissarin begann bei der alten Dame. Frau Weimar-Hansen schwärmte ihr von ihrem Theaterbesuch am fraglichen Abend vor und wurde erst zurückhaltender, als die Kommissarin nach dem Ehemann und seinem Alibi fragte.
„Ich habe mir abgewöhnt, mir Sorgen darüber zu machen, wie er seine Abende und Nächte verbringt. Aber das, was er als seine Schützenversammlungen zu bezeichnen pflegt, findet in der Tat regelmäßig statt."

„Haben Sie ihn gehört, als er an jenem Abend nach Hause gekommen ist?"
„Er hütet sich, mich nachts zu stören. Das kann ich überhaupt nicht leiden. Also schleicht er sich leise in seine Schlafstube, wenn er heimkommt. Ich habe nichts gehört. Vielleicht war er auch schon vor mir zu Hause. Was geht es mich an? Fragen Sie ihn selbst."
„Wie war Ihr Verhältnis zu Ihrer Hausangestellten Paula?"
„Wie soll es gewesen sein? Sie war bemüht. Nicht besonders gewissenhaft. Einmal habe ich sie fast rausgeschmissen, weil sie behauptet hatte, alle Parterrefenster geputzt zu haben. Aber die nach Osten waren ungeputzt. ‚Die waren doch nicht schmutzig', hatte sie sie zur Entschuldigung ihrer Lüge vorgebracht."
„Und? Waren sie schmutzig?"
„Sie hatte sie nicht geputzt. Das genügt. Hätte sich mein Neffe nicht so sehr für sie eingesetzt, sie wäre gefeuert gewesen. Ich glaube, irgendwie mochte er sie wohl. War ja auch ein hübsches Ding. Jedenfalls in den Augen von Männern."
„Und Ihr Mann?"
„Den frag ich nicht. Er hätte sie bestimmt in Schutz genommen. Tat er doch immer. Auch bei den Vorgängerinnen. Immer dasselbe. Ich glaube, er verliebt sich jedes Mal von neuem in die jungen Dinger, und die fühlen sich auch noch geschmeichelt."
„Ihr Neffe, wissen Sie, ob er an dem Abend im Hause war?"
„Er hatte mir versprochen, noch vor Sonntag auf dem Speicher aufzuräumen. Am Sonntag wollte der Pastor kommen, um einen Blick in die alte Bibliothek zu werfen. Ich hatte ihm davon erzählt, dass sich dort alte Bibeln und theologische Schriften befinden. Vermutlich hätte er einiges aufstöbern können, woran er Gefallen gefunden hätte, wenn er gekommen wäre."

„Und, hat er aufgeräumt, Ihr Neffe?"
„Ich glaube, ja. Er hat so etwas gesagt. Aber ich habe nicht nachgeschaut."
„Und der Pastor? Ist er gekommen?"
„Selbstverständlich habe ich ihm absagen müssen."
Man hörte ein Motorengeräusch.
„Ist das Ihr Mann?"
„Nein, mein Mann fährt seinen alten grünen Daimler Diesel, er ist außerdem den ganzen Tag schon in seinem Studierzimmer. Das hier muss Ludwig sein, mein Neffe. Sie kennen ihn sicher, den Landtagsabgeordneten. Er lässt sich manchmal von Freunden hier absetzen."
„Könnte ich mir mit Ihrem Neffen zusammen einmal den Speicher ansehen?"
„Aber gewiss. Nur zu. Er kennt dort jeden Winkel."
„Danke. Dann werde ich mich mal um ihn kümmern."
Erika Friedberg ging zur Tür, aber dann drehte sie sich doch noch einmal um und fragte die Dame des Hauses: „Es werden gleich Kollegen der Spurensicherung kommen. Sie werden zusammen mit mir nach oben gehen. Vorher aber noch eine Bitte: Es ist nur eine Formsache, polizeiliche Formalität sozusagen: Würde es Ihnen etwas ausmachen, uns eine DNA-Probe zu überlassen?"
„Es hatte mich beinahe schon gewundert, dass Sie nicht danach gefragt haben. Das ist bei kriminologischen Untersuchungen heute wohl unverzichtbar. Sieht man doch in jedem „Tatort". Und Ihr Besuch dient doch offenkundig kriminologischen Zwecken, wenn ich das recht sehe."
„Dachte ich es mir doch. Natürlich. Ich werde Ihnen keine Probleme machen. Darf es ein Haar sein? Wäre mir lieber. Macht doch nichts aus, wenn es grau ist. Oder? Speichelproben finde ich eklig. Ich weiß gar nicht, warum man das immer macht. In jedem Krimi kommt das vor – ich meine nicht bei den älteren natürlich.

Agatha Christie kannte solche neumodischen Dinge ja noch nicht. Und Maigret ebenso wenig, Sie wissen, der Kommissar von George Simenon."
„Vielen Dank. Damit helfen Sie uns sehr. Und selbstverständlich, ein Haar würde reichen."
„Aber Sie sollten es mir selbst ausziehen oder abschneiden. Ich meine, sonst könnte ich Ihnen ja fremdes Haar unterschieben, Sie verstehen, was ich meine. So wie bei dem Montagskrimi neulich. Wie hieß er noch? Ach ist ja auch egal. Ich jedenfalls habe nichts zu verbergen."

9.
„Frau Friedberg, wenn ich mich nicht irre. Ich glaube, wir kennen uns."
Kron streckte ihr mit strahlendem Verführerlächeln seine Hand entgegen.
„Stimmt. Sie sind offenbar nicht nachtragend, wie mir scheint."
„Aber woher denn? War doch nicht Ihre Idee. Einmal Pusten, was ist schon dabei? Damals hatte ich. Nur 0,9 Promille. - Womit kann ich heute dienen?"
„Diesmal nicht mit Pusten, sondern mit einer DNA-Probe."
„Gut. Heute bin ich vollkommen nüchtern. Sollen wir gleich?"
„Das machen meine Kollegen. Da sind sie schon. Und außerdem kein Blut. Speichel. Oder ein Haar, wenn Sie die Vorlieben Ihrer Tante teilen."
„Vorlieben meiner Tante pflege ich eigentlich nicht zu teilen, aber wie Sie wollen."
„OK. Darf ich derweil schon mal vorgehen auf Ihre Spielwiese?"
„Spielwiese?"

„Ihre Tante hat mir davon erzählt. Sie kennen den Speicher wie Ihre Westentasche, meinte sie."
„Ja. Stimmt."
„Und kürzlich haben Sie dort aufgeräumt. Richtig? Sie sehen, ich weiß alles über Sie."
„Und Sie können mir dennoch in die Augen schauen?"
„Ich bin Schlimmeres gewöhnt."
„Gibt es das?"
„Was wollen Sie damit sagen?"
„Nur mein Bedauern ausdrücken, dass Sie sich mit solchem Abschaum wie mir und gar noch Schlimmerem herumplagen müssen."
„Liegt mir vielleicht mehr als Ihr politischer Berufsalltag."
„Ich mag das gern, das politische Taktieren. Schließlich ist das mein Leben. Irgendwie ist es sogar auch Sport."
„Wie Boxen?"
„Wünschen Sie mir ein schnelles KO?"
„Zäumen Sie das Pferd nicht von hinten auf. OK?"
„OK."
„Zum Speicher geht es sicher hier her", beendete sie das Geschwätz, das ihr zu plump vertraulich geworden war, und ging zum Treppenhaus.
„Ganz recht. Gehen Sie ruhig schon vor. Ich komme dann nach, sobald Ihr Kollege mich freigibt."
Erika Friedberg stieg die düsteren Holztreppen zum ersten Stock hinauf. Am Ende eines der abzweigenden Gänge entdeckte sie die kleine Holztreppe, die weiter nach oben zum Speicher hinauf führte.
Vor der Treppe waren noch die Reste einer notdürftig beseitigten Blutlache zu erkennen. Die strenge Herrin hätte das so bestimmt nicht geduldet. Offenbar war sie aber noch nicht hier gewesen. Aber wem hätte sie auch den Befehl geben sollen, gründlich zu reinigen?
Neugierig stieg sie weiter hinauf und stand vor einem unbeschreiblichen, verstaubten, mit Spinnweben

überzogenen Chaos von übereinander getürmtem Gerümpel. An einer Seite allerdings, rechts hinter dem einzigen Dachfenster, schien notdürftig Ordnung gemacht worden zu sein. Dort entdeckte sie eine Lampe, aber keinen Schalter, sie einzuschalten.
Die Kommissarin zog sich einen von fünf brokatbezogenen Stühlen heran, den einzigen, der, neben einem schwarzen Lacktischchen, allein stand. Die übrigen standen paarweise aufeinander gestapelt daneben. Dieser war sogar vergleichsweise staubfrei. Als ob er noch vor Kurzem benutzt worden wäre. Oder es hatte etwas auf ihm gelegen, das man erst kürzlich entfernt hat. – Sie wollte sich setzen, besann sich aber anders, um der Spurensicherung nichts zu verderben. Stehend schaute sie sich staunend in dem halbdunklen Raum um.
„Ein Raum zum Träumen. Finden Sie nicht?", kam es heiter von der Treppe herauf.
„Ja. Der kleine Junge aus der „Unendlichen Geschichte" könnte hier sein geheimes Versteck gehabt haben. Wo geht das Licht an?"
„Hier muss der Schalter sein."
Ludwig Kron zog einen Vorhang etwas beiseite, griff zielstrebig nach dem dahinter liegenden Sicherungsschalter, und man hörte ein Schaltgräusch. Aber nichts tat sich.
„Ist wohl kaputt. Warten Sie. Unten ist ein zweiter Schalter."
Er stieg die unheilbringende Treppe hinab, knipste erneut, aber mit dem gleichen Ergebnis.
„Wohl kein Strom da. Oder die Lampe ist defekt. Hat ja auch schon ein paar Jährchen auf dem Buckel."
Friedberg ging auf den Vorhang zu und wollte ihn beiseite ziehen, doch Kron versperrte ihr den Weg.
„Lassen Sie. Da ist nichts von Bedeutung. Als Kinder haben wir uns dort eine Höhle gebaut. Seien Sie vorsich-

tig. So im Dunklen stolpern Sie nur über die alten Matratzen."

Dennoch schob sie den Vorhang ein wenig zurück und tastete mit dem Fuß in das Dunkel. In der Tat stieß sie an etwas, das sich wie eine Matratze anfühlte.

„Wie ich schon sagte. Alte Matratzen. Aber wenn Sie ein wenig entspannen möchten… Bitte sehr."

„In dem Dreck? Vielen Dank."

Grinsend wies er einladend mit einer Handbewegung in das finstere Loch.

„Vielleicht sind sie ja gar nicht so dreckig. Probieren geht über studieren."

„Was haben Sie eigentlich studiert?"

Kron überhörte die anzügliche Frage. Er hatte sein Jurastudium nie zum Abschluss gebracht.

„Gerade vergangenen Samstag war ich der Bitte meiner Tante nachgekommen und hab hier ein wenig aufgeräumt."

„Sie allein?"

„Nein. Zusammen mit dem Hausmädchen."

„In der Nacht, als sie sterben musste?"

„Am Tag davor. Aber ich finde, Sie wählen seltsame Worte für den traurigen Unfall."

„Und sie war gesund und munter, als Sie sich getrennt haben?"

„Gesund und munter. Beides."

„Um welche Zeit war das etwa?"

„Es mag so gegen zehn gewesen sein."

„Und da funktionierte das Licht noch?"

„Sonst hätten wir wohl kaum so lange arbeiten können."

„Ach ja, Sie haben ja die ganze Zeit aufgeräumt."

„Nicht bis zehn. Zuletzt haben wir noch ein Gläschen getrunken. Sie kennen doch sicher das Protokoll von Hauptkommissar Bielfeld. Da steht das doch alles schon drin."

„Manchmal ist es ganz interessant, den Hergang noch einmal neu zu hören. Aber Sie haben recht. Genau so steht es im Protokoll."
„Und dann sind Sie sofort nach Hause gefahren?"
„So ist es. Mit dem Rad natürlich. Sie wissen ja…"
„Ihre Frau kann das bezeugen?"
„Kann sie."
„Gut. Das wäre alles im Augenblick. Meine Kollegen werden sich hier noch ein wenig umsehen."
„Im Dunklen?"
„Nein, die haben Lampen bei sich. Routine."
Die Kommissarin verabschiedete sich und ging zu ihren Kollegen, die den unteren Treppenabsatz inspizierten.
„Hier unten ist nichts Neues zu finden. Irgendjemand war schon dabei und hat sauber gemacht."
„Aber gehen Sie mal nach oben. Schauen Sie sich den einzelnen Stuhl an. Die Kopfverletzungen könnten ja auch von einem Stuhlbein stammen statt von den Treppenstufen."
„Dann müsste Blut dran sein."
„Oder der richtige Stuhl wurde entfernt. Da oben stehen nämlich fünf Stühle. Ungewöhnlich eigentlich. Entweder es existieren sechs oder vier. Aber nicht fünf. Vielleicht wurde einer beiseite geschafft. Schauen Sie mal, ob Sie irgendwo noch einen entdecken."
„Wird gemacht, Frau Kommissarin."

Friedberg ließ sich von der Hausherrin zum Studierzimmer ihres Ehemanns führen. Sie klopfte.
„Joachim, Besuch für dich, Polizei."
Auf sein ‚Herein!' öffnete sie die Tür einen Spalt und gab Frau Friedberg ein Zeichen hineinzugehen. Dann zog sie sich zurück.
„Treten Sie bitte näher. Ich habe Sie schon erwartet. Ich bin kein Freund langer Worte. Am fraglichen Abend war ich bis gegen Mitternacht bei der Schützenversammlung.

Hier die Anwesenheitsliste. Jeder wird Ihnen meine Gegenwart bezeugen können. Als ich heimkam, war hier der Teufel los. Viele Leute. Meine Frau hörte ich aufgeregt herumschreien. Da hab ich einen großen Bogen um den Tumult gemacht und mich sofort unbemerkt zurückgezogen."

„Was für ein Verhältnis hatten Sie zu dem verunglückten Hausmädchen?"

„Verhältnis, Verhältnis, immer dieses Wort. Ein Lieblingswort meiner Frau. Das gefällt mir nicht. Aber wenn Sie das meinen: Ich habe mich ihr gegenüber mit dem Respekt verhalten, den sie als freundliche und einfühlsame Haushaltshilfe verdient hatte. Wir sind gut mit einander ausgekommen. Sie war eine liebenswerte Person."

„An dem besagten Abend haben Sie sie also nicht gesehen?"

„Gegen Abend zuletzt, als ich aus dem Haus ging. Da kam sie die Treppe herab. Brachte wohl irgendetwas zu den Mülleimern."

„Etwas Besonderes ist Ihnen nicht aufgefallen?"

„Nein, wie meinen Sie das?"

„Nun, laute Worte vielleicht. Sie hätte Streit haben können mit Ihrem Neffen. Er war ja wohl mit ihr auf dem Speicher zu der Zeit. Und wie wir alle wissen, kann er sehr hitzköpfig sein. Jedenfalls in Landtagsdebatten."

„Nein. Nichts desgleichen. Ich glaube übrigens, auch er verstand sich recht gut mit ihr."

„Danke. Darf ich bitte die Liste der Schützenbrüder haben?"

„Dafür habe ich sie kopiert."

„Danke. Das genügt erst einmal."

Frau Friedberg verabschiedete sich und ging noch einmal hinüber zu den Kollegen.

„Alles klar? Oder brauchen Sie mich noch?"

„Nein. Nicht nötig. Schönen Feierabend!"

Die Berichte von Spurensicherung und Pathologie ergaben folgende Befunde, denen nachzugehen erhebliche Polizeiarbeit erfordern würde:
Die bei Paula gefundenen Spermien stammten von Joachim Hansen und seinem Neffen. Das verfängliche krause Härchen ebenfalls von Hansen. Die Hautreste unter Paulas Fingernägeln, die auf einen Kampf hätten hinweisen können, kamen mit Sicherheit von keinem der drei Familienmitglieder. Eines der Beine des sichergestellten Stuhles passte sehr genau zu den Kopfverletzungen. Es wies jedoch keinerlei Blutspuren auf, kam daher nicht als Verursacher der Verletzungen in Frage.

10.
Adelheid saß in ihrem Lieblingssessel. Ihr Blick richtete sich auf die Wanduhr, die unaufhörlich tickte. Hypnotisierend starrte sie auf das gute alte Stück, als läge es in ihrer Macht, die Zeit anzuhalten. Doch die Zeiger schoben sich ungestört vor. Jede Minute kam ihr vor wie ein Schritt auf dem Weg zum Schafott. Noch fünf Minuten. Dann würde sie schlagen, die volle Stunde anzeigen, die Stille zerreißen und ihre Ehe in Scherben legen, wenn das Gefühl sie nicht täuschte. Sie fragte sich: „Will ich es wirklich wissen? Das Gefühl der Ohnmacht spüren? Den Moment erleben zu hören, was ich nicht hören will?"
Noch könnte sie alles abbrechen. Noch....
Sie richtete sich auf, ging zum Fenster und schob die Gardine beiseite. Vor ihr lag der leere, mit weißen Kieseln ausgelegte Vorplatz. Ihr Herz klopfte. Kein Mensch war in Sicht. Er würde zu spät kommen, dessen war sie sich sicher. Sie hasste es. In diesem Moment

noch mehr als je zuvor. Er hatte noch fünf Minuten, und er würde sie warten lassen. Es passte zu dem Eindruck, den sie von diesem Privatdetektiv hatte.
Sie mochte ihn nicht. Seine überhebliche Art, seine ungepflegte Erscheinung. Seinen stechenden Blick, der sich in sie bohrte, wenn sie ihm auf Fragen antwortete. Es bereitete ihr Bauchschmerzen, dass gerade so einer in ihrem Leben rumschnüffelte. Aber hatte sie eine Wahl? Nein, sie wollte darauf keine Rücksicht nehmen. Er schien der Beste zu sein. Sein Auftrag lautete: „Beschatten Sie meinen Mann!" Damit hatte sie alles ins Rollen gebracht. Sie dachte an Joachim. In ihrer Erinnerung tauchte der Augenblick auf, der ihr Herz berührt und sie glücklich gemacht hatte. Sein warmer Blick, wenn er sie ansah, sein smartes Lächeln, wenn er sich von ihr verabschiedete, und sein muskulöser Körper, wenn er sich die Jacke überstreifte; der weiche Kuss an der Haustür und seine Worte, auf die sie immer hoffte: „Bis morgen, mein Schatz!"
Die Anfänge ihrer Liebe, lange war es her. Die Angst, die sie immer begleitete, ihn eines Tages an eine Jüngere zu verlieren, ihn nicht halten zu können. Dass er mit seinem Charme die Weiblichkeit in seinen Bann zog, nahm sie zuerst noch hin. Sie traute ihm nicht zu, es zu übertreiben.
Mit den Jahren war er ihr fremd geworden. Sie litt von Tag zu Tag unter seinen Flirts mit dem weiblichen Personal. Schlimmer noch war, dass er annahm, sie würde es nicht bemerken. Das quälte sie. Aber allein zu bleiben, fühlte sich noch unerträglicher an. Bis jetzt! Kälte überfiel Adelheid. Sie zog ihre Strickjacke fester um ihren Körper, als wenn der dünne Stoff sie wärmen könnte.

Adelheid blickte erneut auf den Hofplatz. Nichts hatte sich geändert. Sie horchte auf. Aber nein, kein Auto, kein

Geräusch von knirschenden Kieseln verrieten den erwarteten Besuch. Nur die Sonne verschwand hinter einer dunklen Wolke.
Fragen bohrten sich in ihr Gehirn: 'Warum verließ er seit Tagen das Haus, blieb stundenlang fern, oft auch über Nacht? Welche Frau steckte dahinter und wie ernst war es ihm?' Der Duft des fremden Parfüms an seiner Kleidung versetzte ihr einen Schlag ins Gesicht.
All das würde sie gleich zu wissen bekommen. Dieser Schnüffler, Reinhard Fuchs, würde ihr die schonungslose Wahrheit überbringen.

Hinter ihr raschelte es. Sie drehte sich um. Ihre Augen wurden feucht, als sie auf den geliebten Weggefährten blickte, der sich schwerfällig erhob, sich reckte und streckte und auf sie zukam. Als wenn er ihren Kummer spürte, setzte er sich vor sie und sah zu ihr auf. Adelheid nahm seinen Kopf zwischen ihre Hände und streichelte ihn über beide Ohren. Er genoss diese Streicheleinheiten. Wenigstens einer, der ihr noch Freude bereitete. Sie wusste, auf ihn konnte sie sich verlassen. Er würde ihr zur Seite stehen, sie beschützen, sie nicht betrügen, sie nicht einmal enttäuschen.

Die Uhr schlug drei. Adelheid erschrak und richtete sich auf. Wickelte sich wieder in ihre Jacke und ging im Zimmer auf und ab. Das Warten folterte sie. Minuten verstrichen. Plötzlich spannte sich Amadeus' Körper. Lange, bevor die Türglocke schellte, hob er den Kopf, horchte und fing an zu knurren. Adelheid hörte Stimmen. Es war Fuchs, Reinhard Fuchs – der Detektiv. Gleich würde es an der Tür klopfen.
Adelheid war aufgewühlt. Ihr Hände zitterten, und sie spürte ein Brennen auf der Haut. Sie starrte auf die Wohnzimmertür und sagte zu sich: „Adelheid, reiß dich

zusammen! Egal, was der Schnüffler herausgefunden hat."

Es klopfte und er trat ein. Die Tür schloss sich hinter ihm.

Fuchs kam auf Adelheid zu, lächelte schmierig, begrüßte sie mit einer lockeren Handbewegung. Es sollte wohl cool aussehen. Ohne die Aufforderung abzuwarten, Platz zu nehmen, warf er sich in einen der Sessel und zerrte an seinem eingeklemmten Sommermantel, auf dem er saß. Er schwitzte schon, als er unter lautem Stöhnen den Stoff herauszog. Dass der Mantel total verknittert war, störte ihn nicht. Adelheid ließ den Mann nicht aus den Augen. Ihre Mundwinkel zogen sich tiefer, als sie auf seine dreckigen Fingernägel sah. Er musterte analytisch die schlanke gutaussehende Frau. Sie hatte etwas, stellte er anerkennend fest. Adelheid nahm ihm direkt gegenüber Platz.

Sie saß aufrecht. Strahlte Kälte aus und zeigte keinerlei Regung. Keine Nervösität, keine fragenden Augen, nicht einmal ein Zittern. Sie hatte sich unter Kontrolle. Nicht so wie andere betrogene Ehefrauen, wenn er ihnen den vorläufigen Bericht vorlegte. Was wusste sie bereits? Was wollte sie noch wissen? Wie detailgetreu durfte er alles hinterfragen? Blieb es ein Kurzbericht oder könnte er mit einem längerfristigen Auftrag rechnen, um endlich sein Konto auszugleichen? Geld schien in diesem Haus kein Thema zu sein.

Adelheid riss ihn aus seinen Gedanken.
„Sie sind zu spät."
Nichts anderes, kein „Was haben Sie herausbekommen?" Nichts. Nur die Feststellung, dass er zu spät war, und dieser lauernde Blick, der auf ihm ruhte. Das brachte ihn aus dem Konzept. Er verharrte kurz. Dann wühlte Fuchs in seiner Manteltasche, holte einen Stapel Fotos hervor

und hatte sich wieder im Griff. Siegessicher hielt er sie für einen Moment lang in der Hand und wartete auf eine Regung. Er liebte das Gefühl, mehr zu wissen als sein Gegenüber, diesen überlegenen Augenblick auszukosten, bevor die Wahrheit ans Licht kam. Der Strohhalm zu sein, an den sich seine Klienten klammerten. Ja, das wollte er. Und jetzt saß er in diesem nach seinem Geschmack mit viel zu dunklen und teuren Möbeln überladenen Raum und fühlte sich so...., er konnte es kaum beschreiben. Diese Frau erlaubte ihm keinen Triumpf. Stattdessen kraulte sie ihrem Köter – einem stattlichen Irish Setter - den Kopf. Merkwürdig, der Ausdruck der beiden Gesichter. Sie wirkten auf ihn wie eine Einheit. Hatte der Hund mehr Ähnlichkeit mit ihr oder war es umgekehrt. Ohne Frage, das war ein schönes Tier.
Der Sessel knarrte unter seinem Gewicht. Es reichte ihm. Fuchs nahm die Fotos und warf sie auf den Tisch. Fächerartig verteilten sie sich auf dem polierten Holz. Er lehnte sich zurück und genoss. Das war seine Rache. Adelheid zuckte zusammen. Die Art, wie der Kerl die Trümmer ihrer Ehe präsentierte, löste in ihr Feindseligkeit aus. Ihr Groll wuchs. Hätte ihre Freundin beim Bridgeabend nur nicht so von diesem 'Fuchs' geschwärmt: Ein Mann – diskret und integer! Dabei stand das überhaupt nicht zur Diskussion. Das war er wohl, hoffte sie. Menschlich gesehen war er für sie ein Desaster.
Sie sammelte die Bilder vom Tisch, legte sie sorgfältig zusammen, ohne sie eines Blickes zu würdigen. Fuchs kam es vor, als beseitige sie lediglich die Unordnung. Was hatte das auf sich? Er wurde aus dieser Frau nicht schlau. Aber das brauchte er auch nicht.
Adelheid wusste, dass ihr Gefühl sie nicht betrogen hatte und ihr Mann für eine andere Frau brannte. Die verliebte Zweisamkeit der beiden abgelichteten Personen sprang

regelrecht aus den Fotos. Sie fegte den Stapel beiseite.
Nein, sie wollte diese Fortos nicht ansehen, noch nicht, vor allem nicht vor diesem Kerl. Sie wollte dem Gefühl ihrer Ohnmacht hier und jetzt nicht nachgeben.
„Sie können gehen", sagte Adelheid. Fuchs sah sie staunend an und stand auf.
„Wie Sie meinen, dann werde ich Ihnen den Rest in schriftlicher Form zukommen lassen."
Adelheid nickte, froh seine unangenehme Fistelstimme nicht weiter ertragen zu müssen.
Amadeus lief zu Fuchs, als wollte er ihn nach draußen begleiten. Fuchs kraulte ihn über seinen Rücken. Der Hund warf sich genussvoll zu Boden. Bevor der schwerfällige Detektiv sich zu ihm hinab beugen konnte, um Amadeus den Bauch zu streicheln, öffnete Adelheid die Wohnzimmertür. Dass sich ihre Hände zu Fäusten ballten, bekam er nicht mit. Anders als ihre Worte: „Sie kennen ja den Weg!"
Als Adelheid die Haustür ins Schloss fallen hörte, begann sie haltlos an zu weinen.

11.

Detektiv Fuchs verließ das Haus und nahm den direkten Weg zu seinem Auto, das an der Haidbergstraße stand. Kiesel knirschten unter seinen Füßen. Seine Hoffnung, an diesem Auftrag länger zu verdienen, sank bei jedem Schritt. Hatte er sich doch vorgestellt, tief in einen Sumpf von Intrigen, Verhältnissen und Abgründen zu tauchen. Der Reiz, seine wahren Fähigkeiten unter Beweis zu stellen, löste sich in Luft auf. Er grub seinen Fuß tief ins Kiesbett und schoss einige Steine meterweit auf den Rasen.

Eigentlich waren die Konstellationen doch günstig: Eine gut betuchte Auftraggeberin, ein wesentlich jüngerer Ehemann, eine Geliebte, eine Scheidung, die nicht in Frage kam, und wer wusste schon, welche Geheimnisse er noch aufdecken würde. Das war der Anspruch, dem sein Können gerecht werden würde. Nicht langweilige Observationen und stupide Arbeit als Kaufhausdetektiv, womit er den Großteil seiner Arbeitszeit verschwendete. Mit diesen Einnahmen hielt er sich über Wasser. Jetzt erlebte er eine Frau, die ihn mit ihrer Arroganz am kleinen Finger verhungern ließ, und einem Eisschrank ähnlicher war als die Person, die er zunächst kennengelernt hatte: Attraktiv, faszinierend, mit einer unglaublichen Ausstrahlung. Dass sie schon über 60 war, sah man ihr nicht an.

Er konnte es nicht verstehen. Statt ihn abzuservieren, sollte sie froh sein, dass er verschwiegen und verlässlich Licht in das Dunkel brachte. Nicht so wie einige seiner Kollegen, die nach Abschluss des Auftrages gute Kontakte zur Regionalpresse pflegten. Kaum hatte er in seinem Auto Platz genommen, beobachtete er eine junge Frau, die mit einem kleinen Hund vorbeiging. Sie waren miteinander beschäftigt. Er konnte seinen Blick nicht von ihnen wenden. Dieses Spiel, diese Einheit, als wenn es nur die Beiden geben würde. Der Hund, der sein Frauchen nicht aus den Augen ließ, erwartungsvoll vor ihr hüpfte, während sie liebevoll und kaum hörbar mit ihm sprach, den Ball warf und sich kindlich freute, wenn der Hund das Spielzeug vor ihre Füße legte. Diesen liebevollen Blick hatte er schon einmal gesehen. Auch Frau Weimar-Hansen liebte ihren Hund. Das war ihm bei seinem Besuch besonders aufgefallen. Er erinnerte sich an ihren feindseligen Blick, als er das Tier anfasste und kraulte.

Sie ließ den gepflegten Setter keine Sekunde aus den Augen, wie einen gut behüteten Schatz. Fuchs stellte sich die Frage, wozu diese Frau wohl bereit wäre, ginge es um ihren Hund. Besonders jetzt in dieser Situation, gefühlsmäßig am Boden. Ihm kam ein Gedanke, eine teuflische Idee, für jeden Hundebesitzer eine Katastrophe. Er lehnte sich zurück, drückte sich tief in das Polster seines Autositzes und verschränkte die Arme vor der Brust. Seine Idee formte sich zu einem Ganzen. Fragend sagte er zu sich: „Was wäre eigentlich, wenn ich den Hund hätte? Für – sagen wir einmal – 10.000 Euro als kleine Aufwandsentschädigung würde ich ihn wieder frei lassen." Er drehte den Innenspiegel auf sich zu, betrachtete sein Spiegelbild und sprach es an: „Oder Reinhard, was meinst du? Ja, du hast recht! 10.000 Euro sind ein bisschen zu wenig. Wir wollen den edlen Hund ja nicht beleidigen. Gut, was hältst du denn von 30.000 Euro?" Er nickte sich zu, grinste über beide Wangen, dass seine weißen Zähne nur so blitzten, und richtete den Spiegel in die alte Stellung.

Ein Glück, dass Frau Weimar-Hansen den Auftrag noch nicht zurückgezogen hatte. Von nun an observierte er nicht nur Joachim Hansen, sondern auch dessen Frau und deren mit dem Hund in Verbindung stehende Gewohnheiten. Welche Kommandos benutzte sie und womit spielte er am liebsten? Er steuerte das nächste Futterhaus an und kaufte ein. Sein Einkaufswagen war mit diversen Dingen gefüllt. Alles, was ein zukünftiger Hundebesitzer benötigte: ein Halsband, dazu eine passende Leine, einen großen Sack Trockenfutter, Bälle, eine Hundepfeife und verschiedene Leckerlis. Die junge Frau hinter dem Tresen zog den Einkauf geschickt über den Scanner. Sie redete ununterbrochen und beglückwünschte Fuchs zu seiner Wahl. Das Piepen, das kein Ende zu nehmen schien, dröhnte in seinem Kopf. Er legte alles in die beiden Plastiktüten, die sie ihm

unentgeltich reichte. Er freute sich. Hier gab es noch etwas umsonst. Das nennt man Service am Kunden. Aber war das rechtlich einwandfrei? Ein letztes Piepen, ein letztes Tippen. Nach 'Bestätigen' der Summe-Taste erschien der Betrag auf dem Display. Die Kassiererin lachte und hauchte ihm die Summe zu. Fuchs fiel die Kinnlade herunter. Schockiert starrte er abwechselnd auf den Betrag, dann auf die Tüten und in das immer noch lächelnde Gesicht. Eine Frage brannte ihm auf den Lippen: Stünde ihm künftig die Teilhaberschaft zu? Eigentlich wollte er den Laden nicht kaufen, ja nicht einmal Anteile erwerben. Bevor er sich erkundigen konnte, wurde der hinter ihm stehende Kunde laut. Er hatte es wohl eilig und pöbelte ihn an: „He, Meister, was ist denn jetzt? Willst du den Betrag erst genießen oder endlich bezahlen? Andere Leute wollen auch noch ran!" Fuchs bekam heiße Ohren. Nervös zog er die Geldbörse aus der Hosentasche und beglich die Summe. Das letzte, was er jetzt gebrauchen könnte, wäre Aufsehen. Zügig verließ er den Laden. Er konnte es immer noch nicht begreifen. Mit dem Geld wäre er locker eine Woche über die Runden gekommen.
Im Auto durchwühlte er die Waren. Das Halsband kostete schon ein kleines Vermögen. Er ärgerte sich, dass er in der Eile nicht ein einziges Mal auf die Preise geschaut hatte. Seine Oma hätte an dieser Stelle den Finger gehoben und zu ihm gesagt: "Mien Jung, so warrt dat nix. Keen nich lesen deiht, mutt dorför betohln!"
Wie Recht seine Großmutter doch hatte. Er drückte die Tüten in den Fußraum des Beifahrersitzes und fuhr zügig zur Waldhütte eines Freundes, die er während dessen Abwesenheit benutzen durfte.

An dem darauf folgenden Vormittag fuhr Joachim Hansen mit dem Auto vom Hof. Fuchs schlich sich

unbemerkt zur Haustür und klingelte. In der Hand trug er einen gut gefüllten braunen Umschlag mit weiteren Informationen und pikanten Fotos. Er sah sich mehrfach um, bis sich schließlich die Tür öffnete. Vor ihm stand die neue junge Haushaltshilfe, schmatzend ihr Kaugummi kauend.
„Was gibt's?" fragte sie lässig, holte ihr Handy hervor und tippte darauf herum. Fragend erkundigte sich Fuchs nach Adelheid. Er musste warten. Ohne den Blick von dem Handy zu lassen, antwortete sie:
„Die kann jetzt nicht. Die liegt im Bett."
Wieder eine Pause, dann sah sie zu ihm auf:
„Sonst noch was?"
Fuchs ließ sich nicht abweisen.
„Wann könnte ich sie sprechen? Es wäre sehr wichtig."
Paula's Nachfolgerin starrte wieder auf das Handy. Wortlos zuckte sie mit den Schultern. Der fortlaufend klingelnde Piepton deutete an, dass sie eine Flut von Nachrichten zu bewältigen hatte. Fuchs ließ nicht locker. Er stellte sich lässig in den Türrahmen und nervte das junge Mädchen so lange mit seinen Fragen, bis er eine plausible Erklärung bekam, wenn auch nur in Kurzform. Frau Weimar-Hansen hatte den Knöchel verstaucht.
Das Interesse des Detektivs war geweckt.
„Wer geht denn jetzt mit dem Hund spazieren?"
„Ich natürlich, eine Strafe!"
„Ich hätte auf so etwas auch keinen Bock. Aber Sie können Amadeus doch einfach rauslassen. Das Grundstück ist doch groß genug."
„Klasse Idee!"
„Sie müssen nur darauf achten, dass Frau Weimar-Hansen das nicht mitkriegt."
Das Hausmädchen winkte ab: „Warum sollte sie?"
Er legte seinen rechten Zeigefinger auf seinen Mund und blinzelte ihr zu. Sie plauderten noch eine Weile, bis er

sich verabschiedete. Seine gute Laune war nicht zu übersehen.

Am Nachmittag bezog er seinen Beobachtungsposten unweit von dem Haus hinter einem Holunderbusch, der ihn gut versteckt hielt und dennoch einen freien Blick auf die Haustür zuließ. Er stellte fest, so ideal das Versteck auch war, bequem war etwas anderes. Leise fluchte er vor sich hin. Die Ausläufer des Strauches, die über dem Boden wuchsen, drückten unangenehm unter seinen Knien. An zusätzliche Knieschoner hatte er nicht gedacht.

Lange brauchte er nicht zu warten. Pünktlich um 16.00 Uhr öffnete sich die Haustür und das Mädchen kam mit dem Hund an der Leine heraus. Sie ging ein Stück um die Ecke, bis sie aus dem Blickfeld von Frau Weimar-Hansen verschwunden war, die im oberen Stockwerk aus dem Fenster sah und das Geschehen verfolgte. Als sich ihr Schatten abwendete, konzentrierte Fuchs sich wieder auf die junge Frau und vergewisserte sich, dass sie keiner beobachtete. Die Haushalthilfe löste die Leine, nahm ihr Handy in die Hand und setzte sich auf die alte Holzbank in dem offenen, von Rosen umrankten Pavillon. Lange warten musste sie nicht, Amadeus lief los und nahm mit der Nase sämtliche Gerüche auf, die sich boten. Mit einer beeindruckenden Ausdauer markierte er an mehreren Stellen sein Revier. Fuchs staunte nicht schlecht. Er wusste gar nicht, dass so viel Flüssigkeit in eine Hundeblase passte. Er ließ ihm noch eine Weile Zeit. Dann nahm er die Hundepfeife aus seiner Jackentasche und blies einen kaum hörbaren Ton. Der Hund reagierte sofort. Im Gegensatz zu dem Mädchen, das sich Ohrstöpsel in die Ohren gesteckt hatte und wohl Musik hörte. Fuchs konnte es an dem herunterhängenden Kabel erkennen.

Er pfiff ein zweites Mal. Amadeus hob den Kopf. Dann setzte er sich in Bewegung und lief zu ihm herüber. An seinem Versteck angekommen schnüffelte er ausgiebig an dem Grün und ließ es sich nicht nehmen, auch hier mit einem ausgiebigen Strahl seiner Natur freien Lauf zu lassen. Fuchs konnte sich mit einem Sprung nach hinten gerade noch in Sicherheit bringen. Er hatte nicht vor, als feuchte Duftmarke durch die Gegend zu laufen. Er holte eine Portion kleingeschnittenes Rinderherz aus einer Tüte und warf sie aus dem Busch heraus. Gierig verschlang das Tier die Fleischstücke. Schwanzwedelnd stand er vor dem Busch. Fuchs sprach ihn an und warf ihm weitere Stücke zu. Während der Hund fraß, verließ er sein Versteck, kam auf den Hund zu und ging in die Hocke. Erneut flogen Stücke des Rinderherzens auf das Grün.

Er lockte ihn weiter: „Komm mal her. Sieh, was ich noch für dich habe."

Amadeus hatte den Detektiv erkannt und fraß ihm ein Leckerli aus der Hand. Fuchs fand Gefallen daran und lobte den Hund.

„Ja, so ist es gut, feiner Junge!" Er streichelte ihm über das gepflegte Fell. Fuchs erhob sich langsam, ging einige Schritte zurück und lockte den Hund immer weiter. Amadeus wedelte mit dem Schwanz und folgte. Am Auto befolgte er das Kommando „Sitz" und wartete, bis Fuchs die Kofferraumklappe öffnete. Ein einfaches „Hopp" genügte und er sprang in den vorbereiteten Kofferraum. Fuchs lobte ihn mit hoher Stimme, was er sonst immer so affig gefunden hatte, wenn er Hundebesitzer beobachtete. Er gab ihm die restlichen Leckerlis, schloss die Klappe und sprang mit einem Satz ins Auto. Fuchs sah sich um. Keiner hatte ihn gesehen. Er fuhr los. Zufrieden blickte er in den Rückspiegel. Wie einfach es doch war!

12.
Am Abend war im Hause Weimar-Hansen die Stimmung auf dem Tiefpunkt. Frau Weimar-Hansen tobte, das junge Mädchen heulte und Herr Hansen zuckte mit den Schultern, während er im Wohnzimmer auf und ab lief. Bis spät in den Abend hinein hatten sie den Hund gesucht, doch er blieb verschwunden.
Am nächsten Morgen saß Adelheid in ihrem Sessel und schnäuzte sich die Nase. Ihre dunklen Augenränder ließen vermuten, dass sie nicht viel geschlafen hatte. Sie nahm den Brief vom Tisch und las ihn immer und immer wieder. Das, was dort mit aufgeklebten Buchstaben geschrieben stand, löste in ihr ein Gefühl von Ohnmacht aus:
„Dreißigtausend Euro oder der Hund ist tot!
Keine Polizei, sonst geht er in seinem Versteck ein!"
Die Vorstellung, dass ihr über alles geliebter Amadeus leiden könnte, bereitete ihr Schmerzen, die sich in ihrem Gesicht widerspiegelten.
„Warum sind Menschen nur so grausam!"
Hilflos sank sie in sich zusammen.

In der Hütte überlegte Fuchs ernsthaft, ob er seinen Plan überdenken sollte. Am liebsten würde er den Hund behalten. Selten hatte er so viel Spaß. Amadeus brachte ihm schwanzwedelnd den Ball und Fuchs freute sich darüber wie ein kleines Kind.

Als Joachim das Wohnzimmer betrat und seine Frau in sich zusammengesunken auf dem Sessel sitzen sah, bekam er Mitleid. Zögerlich ging er auf sie zu. Er suchte nach passenden Worten, die nichts Neues zu Tage brachten. Was er auch anstellte, der Hund blieb verschwunden, wie vom Erdboden verschluckt.

Adelheid hob den Kopf, ihre Augen waren tränenerfüllt, und ihre Mundwinkel zitterten.
„Adelheid, wir finden ihn. Das ist sicher", sagte er scheinheilig, ohne selbst daran zu glauben. Sie nickte und reichte ihm den Brief. Er las ihn.
„Was? Der Hund wurde entführt? Ich fass es nicht!" Aufgeregt lief Joachim hin und her. Jeder seiner Schritte steigerte die Fassungslosigkeit, die in Wut umschlug.
„30.000 Euro? Der spinnt wohl! Sag nicht, dass du das bezahlen willst?"
Adelheid senkte ihren Blick. Joachim tobte.
„Nein, nein und nochmals nein! Niemals bezahlen wir soviel Geld. Und schon gar nicht für den Hund! Für diese Summe bekäme man locker zehn neue!"
Er knallte den Brief auf den Tisch.
Mit dieser Reaktion hatte Adelheid nicht gerechnet. Dafür hasste sie ihn. Aus ihren Augen sprühte Feindseligkeit.

Von diesem Tage an änderte sich alles. Im Hause Weimar-Hansen herrschte eine Stimmung, die Väterchen Frost alle Ehre machen würde - eisig und kalt. Dass sie kaum miteinander sprachen, wäre für Joachim noch zu ertragen gewesen, nicht aber die spitzen Bemerkungen, die ihn tief trafen. Sie ließ keine Gelegenheit aus, ihn an seine Vergangenheit zu erinnern, auf die er weiß Gott nicht stolz war. Hätte er doch damals nie sein Herz ausgeschüttet. Sie schien nichts vergessen zu haben. Die Schuldenlast, die ihn zu erdrücken drohte, seine Gläubiger, die ihn um Leib und Leben fürchten ließen, und seine bereits erfolgreich verdrängte Ex, die das Ende ihrer Beziehung nicht wahr haben wollte und ihn als sein Schatten fast in den Wahnsinn trieb. Adelheid hatte ihn aufgefangen, ihm die Hand gereicht und aus dieser schweren Zeit herausgeholt. Und jetzt? Was ist aus ihnen geworden, nach zehn Jahren Ehe?

Dabei hatte alles so gut angefangen. Sie liebten sich, Joachim war seine Geldsorgen los und gewann an Ansehen. Aber mit der Zeit wich ihre Liebe dem Alltag und Joachim konnte dem Charme junger Mädchen nicht widerstehen. War er doch ein Mann in den besten Jahren.
In einem aber war er sich mehr als sicher. Adelheid würde ihn nie fallenlassen. Dafür brauchte sie ihn zu sehr. Er sah es an den sehnsüchtigen Blicken, wenn er ging, und dem Lächeln um ihre Mundwinkel, wenn er zurück kam.
Durch ihn verlor sie die innere Einsamkeit, und seine frische Art überdeckte ihre schwermütigen Gedanken.
Wenn es ihn jedoch überkam, benahm Joachim sich wie ein Kind, das seine Grenzen auslotet. Wie ein kleiner Junge, der vor der Kasse im Supermarkt auf dem Boden liegt, und mit den Armen und Beinen strampelt, nur um seinen Willen durchzusetzen. Ja, auch er wollte wissen, wie weit er bei ihr gehen konnte.
Was würde sie alles erdulden, um ihm endlich die Grenzen aufzuweisen – bis hier und nicht weiter. Aber Adelheid zog sich immer weiter zurück und ließ ihn ins Leere laufen, worauf er sich noch weniger die Mühe machte, seine Verhältnisse zu verbergen.
Nun aber war er zu weit gegangen, und sie schlug zurück. Sie hatte erkannt, dass ihm das Geld wichtiger erschien, als das Schicksal ihres Amadeus. Von da an strafte sie ihn mit Bissigkeit und Nichtachtung. Joachim empfand seine Ehe als Hölle auf Erden, aus der er nicht schadlos herauskam, auch wenn er auf alles verzichten würde.

Ihm war klar: Sie würde ihre Kontakte pflegen und ihn gesellschaftlich ruinieren. Nur die Stunden mit Silvie ließen Joachim den aussichtslosen Zustand kurzfristig vergessen. Letztendlich aber musste er handeln und

beschloss, sich in der nächsten Zeit mehr um seine Frau zu bemühen.
Joachim betrat leise den Salon und sah seine Frau auf der Chaiselongue liegen. Ihr rechtes Bein hatte sie höher gelagert. Sie ließ das Fotoalbum mit ihren Hochzeits- und Urlaubsbildern auf den Schoß sinken und sah zu ihm auf. Ein Bild aus glücklichen Tagen lachte ihn an und versetzte ihm einen Stich ins Herz. Ohne ein Wort lenkte sie ihren Blick wieder auf das Album und betrachtete es für einige Sekunden. Dann hob sie ihren Kopf, starrte auf die Wand und schlug das Album zu. Joachim zuckte zusammen. Warum war sie nur so feindselig? Weil er sich über diese Summe moniert hatte? Was wusste sie von Silvie? Oder schlimmer noch. Glaubte sie vielleicht am Ende, dass er den Hund entführt hätte und das Geld bräuchte, um sich mit seiner Geliebten abzusetzen? Das war doch absurd! Er ging näher an sie heran und berührte sie zart an der Schulter. Sie zuckte unter seiner Hand zusammen und wendete sich ab.
Joachim brauchte einige Sekunden, um geeignete Worte zu finden:
„Adelheid, es tut mir leid. Ich habe es nicht so gemeint. Ich werde jetzt losfahren und das Geld besorgen. Damit ich es morgen übergeben kann."
Sie nickte wortlos. Mit hängenden Schultern ging er zur Tür.

„Wo er jetzt wohl hin geht? Zu der Neuen? Um sich gemeinsam mit ihr darüber lustig zu machen, dass mein Amadeus entführt worden ist?"
Adelheid Weimar-Hansen fand keine Ruhe. Als sie hörte, dass ihr treuloser Ehemann nach wenigen Minuten zurückkam, steigerte das Bewusstsein, nun wieder unter einem Dach mit ihm zu sein, ihre Erregung ins Unerträgliche.

„Ob er etwa glaubt, so einfach alles wieder gut machen zu können? Ist es nicht in Wahrheit mein Geld, das er schweren Herzens opfern will? Glaubt er etwa, durch diese lächerliche Übergabe mich wieder versöhnen zu können? Merkt er nicht, dass es ganz wo anders brennt? Merkt er nicht, dass ich ihn satt habe? Diesen verlogenen Ehemann, der mich seit langem nicht mehr anrührt, und wenn, dann so lustlos, dass ich spüre: es ist nur eine Pflichtübung, um zu verbergen, dass er sich anderswo holt, was er an Weiblichkeit zu brauchen glaubt? Dass er sich nicht schämt, sofort nach Paulas Tod sich zu einer neuen Geliebten zu flüchten! - Nein, es muss Schluss sein damit. Ein für alle Mal. Ich werde ihm einen Strich durch die Rechnung machen. Wir werden uns trennen. Er war ein Fehlgriff. Lieber allein leben als mit so einem."
Sie stand mühsam auf und machte sich auf den Weg zu seinem Arbeitszimmer, um ihn zur Rede zu stellen.
Als sie jedoch spürte, wie sehr ihr Herz in Erwartung der erneuten Auseinandersetzung klopfte, fürchtete sie, der Anspannung nicht gewachsen zu sein und vielleicht gar am Ende die Beherrschung verlieren zu können. Frau Weimar-Hansen zog es vor, sich mit einer kräftigen Dosis Valium vornehm zurückzuziehen und alles noch einmal zu überdenken.

13.

Joachim nahm das Geld von der Bank in Empfang und steckte es in einen braunen Briefumschlag. Nun brauchte er nur noch auf den verabredeten Anruf von Adelheid zu warten, die den genauen Zeitpunkt und Ort der Übergabe telefonisch mitteilen sollte. Es war schon später Nachmittag, als er bei Silvie eintraf. Am liebsten

hätte er das Date abgesagt, aber dafür hätte er einen guten Grund gebraucht. Silvie neigte zu diesem naiven Frage- und Antwortspiel, auf das er keine ehrlichen Antworten geben wollte. Das war ihm heute eindeutig zu stressig. Die Möglichkeit dagegen, dass sie ihn bis zum Abend ablenkte, gefiel ihm weitaus besser.
Joachim war erschöpft neben ihr eingeschlafen. Mit ihrem Kopf auf die linke Hand gestützt betrachtete Silvie ihn liebevoll. Sein markantes Gesicht mit den ausgeprägten Mundzügen sah im Schlaf weich und unschuldig aus. Ihr Blick, der tiefer wanderte, an der Decke hängen blieb, die seine Hüften verbarg, ließen in ihrem Bauch die Schmetterlinge tanzen. Ein warmes Gefühl breitete sich in ihr aus.
Nie zuvor war sie so verliebt gewesen. Vom ersten Augenblick an zog er sie in seinen Bann. Sein unverschämt gutes Aussehen, die strahlend eisblauen Augen, seine Art sich auszudrücken und die starken Schultern, an die man sich anlehnen konnte. Mit seinem Charme nahm er sie gefangen, obwohl sie wusste, dass er verheiratet war. Daraus hatte er von Anfang an kein Hehl gemacht. Auch dass er seine Frau nie verlassen würde. Silvie jedenfalls bereute nichts. Denn sie wusste, wenn er bei ihr war, gehörte er ihr ganz allein, und das reichte. Zumindest für den Moment. Sie hatte mit ihren 25 Jahren ein vollgepacktes Leben und noch keine Muße, mit einem Partner die traute Zweisamkeit zu verbringen. Sie wollte selbstständig sein. Tun und lassen, was sie wollte. Und jetzt wollte sie ihn. Nicht für immer...oder doch?
Joachim drehte sich im Schlaf und zog seine Stirn sorgenvoll kraus. In ihrem Gesicht spiegelte sich der gleiche Ausdruck. Was war es, was ihn so quälte? Kummer, Ärger oder vielleicht etwas anderes? Ein ungutes Gefühl beschlich sie. Hatte es mit ihr zu tun? Ihr war aufgefallen, dass er anders war, schon als er kam.

Auch fehlte ihr seine liebevolle Art, er war heute eher fordernd und wild. Sie tat es ab als eine Form der Leidenschaft.
Joachim schlug die Augen auf. Ihre Blicke trafen sich und sein Mund lächelte. Seine Augen nicht. Er setzte sich auf die Bettkante und drehte ihr den Rücken zu. Leicht nach vorne gebeugt verharrte er, ohne ein Wort zu sagen. Silvie spürte ein Brennen in der Magengegend. Sie kannte diese Situation. Ein Déjà-vu? Ein Bild tauchte vor ihren Augen auf. Nur dass es nicht Joachim war, der dort saß, sondern Tom, ihr Ex- Freund. Auch er saß damals auf der Bettkante, mit der gleichen Körperhaltung, mit der gleichen Unnahbarkeit. Sie hatte ihn damals gefragt:
„Tom, was ist?".
Er hatte tonlos geantwortet, ohne sie anzusehen:
„Es ist wohl besser, wenn ich gehe. Mit uns, das hat keine Zukunft."
Das war das letzte, was sie von ihm gesehen und gehört hatte.
Traurig betrachtete sie Joachim. Wenn sie doch nur Gedanken lesen könnte! So sehr es ihr auch auf der Zunge brannte, nein, sie würde nicht fragen.
Sie hatte Angst, schmerzliche Angst, dass er das gleiche sagt. Joachim stand wortlos auf und zog sich an. Er ging zur Küchenzeile hinüber und schenkte sich einen Kaffee ein, nippte an der Tasse und starrte aus dem Fenster. Auch er verspürte ein Unbehagen. Wenn auch aus einem anderen Grund. Die Geldübergabe bereitete ihm mehr Bauchschmerzen, als ihm lieb war.
Ein leises Brummen, gefolgt von einem Klingelton, ertönte. Joachim eilte an sein Handy und sah auf das Display. Während er das Gespräch annahm, warf er Silvie einen Blick zu und verschwand im Flur. Silvie schlüpfte aus dem Bett und folgte ihm leise. An der angelehnten Tür lauschte sie.

„Ist gut! Ich wiederhole noch mal: Um 22.00 Uhr auf der Wiese am Baggersee. Der Weg führt an den Findlingen vorbei. Ich weiß, wo das ist! Keine Sorge, ich bin vorsichtig mein Schatz. Bis nachher!"

Er drückte sein Handy aus und sah zur Tür, hinter der er Silvie in ihrem Bett vermutete. Huschte dort gerade ein Schatten vorbei? Hatte sich die Tür bewegt? War leises Fußtappsen zu hören? Zügig öffnete er die Tür. Erleichtert nahm er wahr, dass Silvie neben dem Bett stand und sich ihre schwarzen, langen Haare zu einem Dutt band. Nein, sie hatte nicht gelauscht. Seine Nerven lagen blank.

Es war schon spät, als Joachim zur Uhr sah und ankündigte, dass er gehen werde. Seine Frau warte auf ihn, und er müsse jetzt dringend nach Hause.
Er nahm Silvie in den Arm, drückte sie ganz fest an sich, gab ihr einen langen Kuss auf den Mund und sagte:
„So, meine Kleine, ich muss jetzt wirklich. Ich ruf dich an, ja?"
Sie nickte und sah ihm hinterher, wie er die Haustür zuzog. Endlich!
Sie war erleichtert. Nicht nur weil ihre Beziehung noch bestand, sondern jede weitere Minute in seiner Nähe sie unendlich gequält hätte. Seit dem Anruf war nichts mehr wie vorher.
Keine sonst so verliebte Zweisamkeit. Die Stimmung kam ihr dem Geschmack eines schalen Bieres gleich.
Silvie lief in ihrer Wohnung auf und ab. Die Worte: „ Mein Schatz...!" gingen ihr einfach nicht mehr aus dem Kopf. Sie hörte noch seine Stimme. Wer war sie? Dass es sich um eine Frau handelte, dessen war sie sich sicher. Sie schenkte sich einen Becher von dem schon abgekühlten Kaffee ein und stellte ihn unberührt auf den Tresen der kleinen Küche.
„Ich bin dein Schatz, ich ganz allein!"

Ihre Fäuste ballten sich. Wut stieg in ihr auf!
Sie setzte sich auf die Bettkante, auf der eben noch Joachim gesessen hatte. Was wäre, wenn es noch jemanden gäbe, der ihm mehr bedeutete? Würde er, der Mann ihrer Träume, es wirklich wagen, nicht nur seine Frau zu betrügen, sondern nun auch sie - seine Geliebte. „Nein, das darf nicht sein!", schrie es in ihr und sie sprang auf.
Ihr Blick richtete sich zur Uhr. In einer dreiviertel Stunde würde er die andere treffen dort am Schmalsteder Baggersee. Silvie glaubte, den Ort zu kennen. Und wenn die beiden meinten, sie seien allein, täuschten sie sich! Heute würde es zwei Augen mehr geben, die das Geschehen beobachten.
Silvie zog sich schnell um, schlüpfte in ihre Jacke, nahm den Autoschlüssel in die Hand, löschte das Licht und zog die Tür leise hinter sich ins Schloss!

14.

Würde sie es noch schaffen? Silvie schlug kräftig aufs Lenkrad, als wenn es helfen könnte. Sie ächzte, ließ sich in den Fahrersitz zurückfallen. Sie holte tief Luft und versuchte es erneut. Das immer schwächer werdende Geräusch zeigte ihr an, sie hatte nur noch diesen einen Versuch. Endlich sprang der Wagen an. Diese verdammte Batterie, oder war es doch der Anlasser? Egal! Mit Gewalt drückte sie das Gaspedal durch. Der Motor heulte auf, und sie fuhr los. Mit überhöhter Geschwindigkeit raste sie am Friedhof vorbei. Die Straße Am Klint hatte keine Rennstreckenqualität, und der kleine Wagen schüttelte sie heftig. Auf dem Milchweg wurde es besser. Sie hoffte, dass ihr heute keiner entgegenkam. Mit einem Kopfschütteln verwarf sie die Möglichkeit und beruhigte sich. Um diese Uhrzeit kam gestern auch keiner! Die schmale Straße schlängelte sich durch die hügelige Landschaft, vorbei am Brautberg und den kleinen geteerten Wirtschaftswegen bis hin zu der Firma Glindemann, die den hiesigen Kiesabbau betrieb. Silvie hatte weder die Zeit noch die Muße, um die Natur zu genießen. Auch wenn der rotgefärbte Abendhimmel ein einmaliger Anblick war. Die Abfahrt zur L49 ließ sie rechts liegen und drosselte ihr Tempo. Hier musste es irgendwo sein. Vor ihr tauchte ein Wagen auf, der am Straßenrand parkte. Joachims Daimler. Einige Meter weiter auf der linken Seite stand eine in die Jahre gekommene Scheune. Silvie parkte den Wagen direkt daneben. Sie stieg aus, quälte sich durch das hohe Gras und sah sich um. Auf der gegenüberliegenden Seite der Scheune ragte das Heck eines ihr unbekannten PKWs hervor. Sie schlich darauf zu. Er war leer. Vom Fahrer fehlte jede Spur. Ein Knacken im Gebüsch ließ sie hochschrecken. Wurde sie beobachtet? Silvie lief die Straße zurück bis zum Eingang des Biotopes an den zwei Findlingen vorbei Richtung Baggersee. Dass sie ein aufmerksames Augenpaar verfolgte, bemerkte sie nicht.

Der Gedenkstein, der hier seinen Platz in der Amtszeit des ehemaligen Bürgermeisters, Karl Winzer, gefunden hatte, fiel in der Dämmerung kaum auf. Ebenso wenig seine Inschrift, die an die Wiedervereinigung erinnerte. Am Tage war es anders. Dies war ein Platz, wo man inmitten vom Grün der Büsche und Bäume seinen Gedanken freien Lauf lassen könnte. Das sieht Karl Winzer auch so. Man kann ihn hier des Öfteren antreffen.
Ein ins Gras hineingetretener Trampelpfad führte weiter nach unten. Silvie folgte ihm. Der dicke Kloß in ihrem Hals saß fest, und sie fröstelte. Sie bog nach links ab und sah auf eine Wiesenfläche, auf der vereinzelte Tannen

standen. Weiter oben versperrten stattliche Bäume, von Buschwerk eingerahmt, den Blick auf die Straße.

Silvie schlich voran. Ihre Augen, die sich an das schummerige Licht gewöhnt hatten, tasteten die Umgebung ab. Irgendwo hier müssen sie sein. Geduckt suchte sie Schutz im Buschwerk am Ufer des Baggersees. Die Firma Glindemann hatte hier einst Kies abgebaut. Die ehemalige Kiesgrube hatte sich mit Wasser gefüllt und bietet vielen Tieren und Pflanzen ein neues Zuhause. Zum Leidwesen der Sportfischer – hier ist Angeln verboten.

Nachdem sie einige Meter hinter sich gelassen hatte, bemerkte sie zwei Gestalten. An der Gestik des einen erkannte sie Joachim. Die andere Person war ihr fremd. Sie hielt die Luft an, nur kurz. Dann war sie sich sicher. Die geheimnisvolle Gestalt war keine Frau, sondern ein Mann. Auch wenn sie nicht vieles erkennen konnte, aber zumindest das. Sie atmete tief durch. Die Idee, dass er sich mit einer fremden Frau treffen würde, war nur ein Hirngespinst. Ihre Eifersucht völlig umsonst. Sie könnte wieder gehen und alles vergessen. Aber sie tat es nicht. Eine innere Stimme hielt sie an zu bleiben. Es war ihre Neugier. Warum in aller Welt traf sich Joachim mit diesem Fremden spät am Abend an einer so abgelegenen Stelle! Sie schlich hinter eine hohe Tanne und beobachtete die Beiden. Viel gab es nicht mehr zu sehen. Ein brauner Umschlag wechselte den Besitzer. Der Fremde drehte sich ab und ging zur Straße. Silvie duckte sich noch tiefer. Als sie wieder aufblickte, konnte sie nur noch die Konturen der Gestalt ausmachen und stand auf. Am liebsten wäre sie auf Joachim zugelaufen, um ihn in die Arme zu nehmen. Sie verzichtete schweren Herzens. Es war besser so. Wenn er heraus bekäme, dass

sie hinter ihm her spionierte, wäre das das Ende ihrer Beziehung. Das wusste sie.
Joachim trat den Rückweg an und kam auf Silvie zu. Plötzlich knallte es – ein Schuss. Joachim zuckte zusammen. Getroffen sank er auf die Knie. Blut quoll aus seinem Mund. Silvie starrte fassungslos zu ihm hinüber. Ihr Schrei durchbrach die Stille.

15.

Die Polizei sperrte den Tatort großflächig ab, um am nächsten Morgen Spuren des tödlichen Schusses zu finden.
Joachim Hansen wurde noch am gleichen Abend in die Pathologie Kiel gefahren.
Bevor Bielfeld, Friedberg und zwei Kollegen der Spurensicherung am Tatort eintrafen, um alles näher zu untersuchen, wussten sie durch ein frühes Telefonat des Kollegen der Pathologie, dass als Tatwaffe nur ein Jagdgewehr in Frage kam, da die Kugel den Leib des Toten regelrecht durchschossen und deformiert hatte. Das Geschoss hatte eine riesige Wunde mit starkem Blutverlust verursacht. Der Durchschuss deutete auf ein Zerlegungsgeschoss hin, das hauptsächlich von Jägern bei Wildschweinjagden benutzt wird, vermutlich Kaliber 3006.
Bielfeld und Kollegen wussten, dass so eine Messingpatrone nach Durchschuss so tief ins Erdreich dringt, dass es wenig Hoffnung gab, das Geschoss zu finden.
„Hier, hier, kommt, ich habe etwas entdeckt", rief der junge Kollege aus der Spurensicherung aufgeregt und zeigte auf die vom Fundort der Leiche zwei Meter entfernte Fichte, die wohl einen Durchmesser von ungefähr vierzig Zentimeter hatte und die kleineren

Bäume in der Nachbarschaft überragte. Zersplitterte Äste hatten ihn auf dieses Einschussloch aufmerksam gemacht. Der Stamm dieses Baumes zeigte in geringer Höhe ein eigroßes, aufgerautes Loch.

Bielfeld bat einen seiner jungen Kollegen, vorsichtig in dieser Baumwunde herumzustochern, um eventuell das Metallgeschoss zu finden.

„Ich hab es, hier, 7,62 mm genau, das gehört einwandfrei in ein Jagdgewehr."

Die Freude über den Fund war dem jungen Kollegen gegönnt - eines der ersten Erfolgserlebnisse in seiner Dienstzeit.

16.

„Frau Hansen-Weimar können wir wohl erst mal eine Vorladung ins Präsidium ersparen."
„Du meinst, das ist mehr eine Aufgabe für mich?", fragte Friedberg zurück.
„Na ja, so von Frau zu Frau. Und außerdem: Hattest du nicht auch mal einen Hund? "
„Einen Freund hatte ich. Wenn du das meinst."
„Aber den hast du sicher auch ab und zu gestreichelt."
„Manchmal bist du ja doch immer noch wie früher."
„In diesem Sinne!"
„Tschüs Willi!"
„Das verbitt ich mir."
„OK.,Tschüs Wilhelm'. Oder soll ich, wie die andern, lieber wieder 'Herr Hauptkommissar Bielfeld' sagen?"
Erika Friedberg schmunzelte, als sie auflegte.

Pünktlich zum Tee läutete sie am Haus von Adelheid Weimar-Hansen. Sie hatte sich angemeldet in Erwartung eines guten englischen Earl Grey.

Die Kommissarin hatte sich nicht getäuscht. Von einer Hausangestellten wurde sie ins Kaminzimmer geführt, wo die alte Dame sie bereits erwartete.
„Darf ich sitzen bleiben? Mein Bein macht mir Probleme."
Friedberg machte eine ermunternde Handbewegung, sitzen zu bleiben.
„Seien Sie herzlich willkommen, Frau Friedberg", begrüßte sie ihren Gast,
Inzwischen hatte die Besucherin, einer einladenden Geste ihrer Gastgeberin folgend, in dem tiefen Sessel ihr gegenüber Platz genommen.
„Ich bin hier in Bordesholm immer noch die Erika. Wissen Sie doch. Zwar inzwischen ein wenig Respektsperson, aber „die Erika" bin ich geblieben wie eh und je."
„Also, Erika. Schön, dass Sie mir Gesellschaft leisten zum Tee. Zucker?"
„Nein danke. Und Milch ebenso wenig."
„Sehr vernünftig. Kein Wunder, dass Sie immer noch Ihre mädchenhafte Figur behalten haben."
„Danke. Das Kompliment kann ich nur zurückgeben. Man erkennt Sie doch schon von Weitem an Ihrem sprichwörtlich aufrechten Gang und Ihrer gepflegten adligen Erscheinung. Ich habe sehr große Hochachtung vor Ihnen. "
„Schön gesagt. Aber um Komplimente auszutauschen sind wir sicher nicht zusammengekommen. Sie möchten wissen, was ich zur Aufklärung des tragischen Todes meines Ehemannes beitragen kann. Und da muss ich sagen, eigentlich rein gar nichts. Nur Belanglosigkeiten."
„Und die wären?"
„Na ja, den Tagesablauf könnte ich Ihnen schildern."
„Bitte sehr. Auch Belanglosigkeiten, wie Sie sie nennen, können in den Augen der Polizei wichtig sein."

„Der Tag hatte eigentlich bereits mit der vorangegangenen schlaflosen Nacht begonnen. Erst spät war ich eingeschlafen, nachdem ich Morpheus ein wenig unter die Arme gegriffen hatte."
„Schlafmittel?"
„Valium. Aber das tut nichts zur Sache. War nicht das erste Mal in letzter Zeit."
„Probleme? Sorgen?"
„Da fragen Sie? Paulas furchtbarer Unfall hat mich nicht mehr in Ruhe gelassen. Kaum ein anderes Thema hat meinen Mann und mich danach noch beschäftigt. So auch an diesem unglückseligen Tag seiner Ermordung. Noch am Nachmittag war er mit einem neuen Plan zu mir gekommen. Er wollte eine Prämie aussetzen zur Aufklärung des Falles. Jedenfalls war das sein Vorschlag. Wir einigten uns auf 30.000 €, eine Summe, die eigentlich für den Kauf eines neuen Wagens vorgesehen war. Ich schrieb ihm einen Scheck aus, und er verabschiedete sich von mir mit den Worten: „Mal sehen, ob man mir eine solche Summe gleich auszahlen kann."
„Und, konnte man?"
„Ich bin eine langjährige Kundin bei der Bordesholmer Sparkasse. Man kennt mich dort. Und meinen Mann ebenso. Wie immer hat mich die Kassiererin sehr freundlich und zuvorkommend bedient. Und da ich wenige Tage vorher um Bereitstellung der Summe gebeten hatte, gab es keine Probleme."

Keine Frage!
Braucht nicht extra gesagt zu werden.
Versteht sich von selbst.

„Höre ich recht? Sie wollten den Wagen in bar bezahlen?"
„Natürlich nicht ich. Aber mein Mann meinte, wenn er die Sache in die Hand nähme, könne er den Kaufpreis auf diese Weise um einiges drücken. Er hat so seine Verbindungen, Sie verstehen."
„Er hat das Geld wirklich bekommen?"
Frau Weimar-Hansen nickte.
„Sicherlich hat er es hier im Haus in den Tresor gelegt."
Erregt schüttelte die Angesprochene den Kopf.
„Eben nicht. Sonst lebte er ja vielleicht noch."
„Sie meinen, es war ein Raubmord?"
„Wieder bewegte sie verneinend den Kopf."
„Ach ich weiß ja nicht. Lassen Sie das. Will niemanden verleumden."
„Aber einen Verdacht haben Sie, Frau Weimar-Hansen?"
„Verdacht, Verdacht, was heißt das schon? Hirngespinste, nichts als Hirngespinste, Albträume einer alten, verlassenen, senilen Frau mit zu viel Fantasie."
„Möchten Sie mir nicht sagen, von was für Gedanken Sie verfolgt werden?"
„Aber bitte außerhalb des offiziellen Protokolls. Geht das?"
„Sehen Sie ein Tonband? Oder einen Schreiber?"
„Es bleibt unter uns?"
Die Kommissarin antwortete nicht. Doch ihr Schweigen wurde offenbar als Zustimmung aufgefasst.
„Ich habe Hansen in dem Augenblick, als er zur Bank gehen wollte, zum letzten Mal gesehen. Was danach geschah, entzieht sich meiner Kenntnis. Was mich beunruhigt: Ich weiß, er hat eine Geliebte. Eine gewisse Silvie Heyerdahl."
Sie legte den Kopf in die Hände und begann zu schluchzen.
„Sie meinen..."

„Ich meine nichts", brachte sie stockend hervor. „Aber die Bilder lassen mich nicht los."

„Was für Bilder?"

„Seit ich von dieser Silvie weiß, verfolgt mich die Vorstellung, wie mein Joachim mit ihr, wie soll ich sagen, so zärtlich, so…"

Erneut schien ihr die Stimme den Dienst zu versagen. Die Kommissarin wartete ab, dass sie sich beruhigen würde. Doch dann auf einmal brach es aus der verzweifelten Frau hervor:

„Solche Frauen haben es nur auf das Geld ihrer Liebhaber abgesehen", schrie sie der verblüfften Erika ins Gesicht. „Naiv wie er ist, hat er das Geld bei ihr gelassen, ist er ihrer Einladung zum nächtlichen Rendezvous gefolgt. Und da ist es wieder, das grauenhafteste aller Bilder, wie sie halbnackt, über seinen blutigen, noch nicht ganz toten Körper gebeugt, zuschaut, wie er stirbt, ihn dann liegen lässt und das Weite sucht."

Erschreckt von dem Lärm stürmte die Krankenpflegerin in das Kaminzimmer.

„Lassen Sie sie in Ruhe, bitte. Gehen Sie. Bitte. Frau Weimar-Hansen braucht Ruhe."

17.

Aus dem Nebenraum heraus betrachtete Bielfeld aufmerksam die im Vernehmungszimmer sitzende junge Frau durch die verspiegelte Glasfront. Nervös kaute sie an ihren Fingernägeln. Sie wirkte verloren in dem kahlen, nur mit zwei Stühlen und einem Tisch ausgestatteten Raum.

Minuten vergingen. Dann beendete Bielfeld das zermürbende Warten der Vorgeladenen und betrat den Raum. Silvie sah unsicher zu ihm auf. Der Kommissar zog den Stuhl zurück, setzte sich schwerfällig und schaltete das Aufnahmegerät ein. Mit verschränkten Armen und seinem stechenden Blick wirkte er bedrohlich auf sie. Ohne Umschweife begann er.
„Frau Heyerdahl. Haben Sie Joachim Hansen erschossen?"
Silvie sprang entsetzt auf.
„Nein!"
Bielfeld deutete auf den Stuhl.
„Setzen Sie sich bitte. Wie lange kannten Sie sich?"
Silvie nahm Platz und spielte nervös mit den Fingern.
„Ungefähr ein halbes Jahr."
Der Kommissar beugte sich vor.
„Und solange waren Sie auch seine Geliebte?"
Das Mädchen sah erschrocken zu ihm auf:
„Woher wissen Sie das?"
Ohne die Antwort abzuwarten legte Silvie ihre Scheu ab und antwortete bockig:
„Ach lassen Sie mich raten. Das hat Ihnen sicher diese frustrierte Alte gesteckt. "
Bielfeld fragte staunend:
„Bitte?"
„Ja, seine Frau. Die war eifersüchtig ohne Ende. Hat ihm nur hinterher telefoniert."
„Dann wusste sie von Ihrem Verhältnis?"
„Ich glaube ja. Das fällt doch auch auf. So oft wie er bei mir war!"
„Hat Herr Hansen diesbezüglich irgendetwas erzählt?"
„Nein. Joachim hat kaum von seiner Ehe gesprochen. Ich wollte es auch nicht hören. Aber die Frau war lieblos und eiskalt. Ich weiß, sie hat ihm die Hölle heiß gemacht!
„

„Woher?"
„Eine Frau spürt das! Oder was meinen Sie, warum er mit mir zusammen war?"
Bielfeld betrachtete die hübsche junge Frau und dachte bei sich:
'Welcher Mann könnte zu ihr schon nein sagen. Egal ob mit oder ohne herzlose Ehefrau!'
Silvie wartete geduldig auf seine Antwort.
„Oder was meinen Sie?", fragte sie schließlich.
„Ja ich kann den Hansen gut verstehen... ähm...".
Er sah sich ertappt und räusperte sich.
„Kommen wir doch zu dem Tag, an dem Joachim Hansen ermordet wurde. Was wissen Sie?"
Silvie erzählte dem Kommissar ausführlich alles, was sie wusste. Der geheimnisvolle Anruf, Joachims Verhalten, das Treffen im Wald und wie sie ihm nachgegangen war. Der ominöse Fremde...!
An der Stelle angekommen, wo der Schuss fiel, senkte sie den Kopf nach unten und schluckte.
Einige Minuten vergingen. Langsam sah sie wieder auf und wischte sich über die Augen. Stockend fuhr sie fort:
„Ich hörte einen Schrei. Joachims Schrei! Ich lief los - auf die Lichtung. Dort lag er!
Er war blass. Sein Hemd blutig. Ich kniete mich zu ihm nieder und nahm ihn in die Arme.
Er lebte noch. Er sah mich an, seine Lippen bewegten sich, er wollte mir etwas sagen! Ich habe mein Ohr dicht an seinen Mund gelegt ..."
Sie brach ab. Hielt einen Moment lang inne und sprach leise weiter:
„...aber ich habe ihn nicht verstanden!"
Abrupt sprang sie auf und brüllte Bielfeld an!
„Hören Sie! Ich habe ihn nicht mehr verstanden!"
Tränen liefen über ihr Gesicht. Bielfeld wies respektvoll auf den Stuhl. Silvie wischte sich mit der Hand übers Gesicht, setzte sich und erzählte bebend weiter:

„Ich habe ihn gefragt, geschüttelt, gerufen: Bleib bei mir, du darfst nicht sterben...Joachim bleib!"
Sie hielt wiederholt inne, starrte vor sich hin und antwortete mechanisch:
„Da war er schon tot! Einfach tot! Nie werde ich seinen Blick vergessen. Niemals! Seine Augen, das viele Blut...!"
Wie aus der Starre erlöst, sprang sie erneut auf, ging umher und schrie:
„Verdammt nochmal, wer macht denn so etwas? Er hat doch keinem etwas getan!"
Bielfeld war unterdessen ebenfalls aufgestanden, angerührt von der Verzweiflung der jungen Frau.
 Er trat zu Silvie und legte ihr beruhigend die Hand auf die Schulter. Das Mädchen wendete sich ihm zu und sah ihn mit großen Augen an. Plötzlich nahm sie ihn in die Arme, drückte den Kopf fest an seine Brust und fing haltlos an zu weinen. Überfordert klopfte Bielfeld ihr unbeholfen auf den Rücken.
Nachdem sie sich gefangen hatte, führte Bielfeld die Frau wieder zu ihrem Stuhl. Silvie nickte, schluchzte einige Male und setzte sich. Der Kommissar orderte zwei Becher Kaffee, setzte sich ebenfalls und reichte ihr ein Taschentuch.
„Geht´s wieder?"
Das Mädchen schnäuzte laut in das Taschentuch und wischte sich die Nase trocken und reichte es Bielfeld zurück. Er sah sie an:
„Können wir?"
Silvie bestätigte mit einem Augenaufschlag. Bielfeld fuhr fort:
„Haben Sie sonst noch irgendetwas bemerkt oder gesehen? Alles ist wichtig! Jede Einzelheit."
Silvie schüttelte den Kopf. Doch der Kommissar gab nicht auf.
„Überlegen Sie bitte. Haben Sie den Schützen gesehen oder bemerkt, von wo geschossen wurde?"

Silvie schüttelt hilflos den Kopf. Bielfeld ließ nicht locker.

„Gut. Dann beschreiben Sie mir noch mal die fremde Person, die Sie mit Joachim Hansen gesehen haben."

Silvie versuchte sich genau zu erinnern und begann:

„Also, aus meiner Sicht war er um die 1.80 groß und normal schlank. Um den Bauch herum aber etwas fülliger. Das zeichnete sich unter dem hellen Mantel ab."

Sie betrachtete Bielefelds Bauchansatz.

„Ich glaube so wie bei Ihnen, oder? Nein warten Sie, er hatte wohl doch mehr. Ja ich würde sogar sagen, der Mann war eher der Typ – verschluckter Medizinball. Fast so, als verstecke er etwas unter dem Mantel. Aber so genau, wissen Sie, die Aufregung und so wie er angezogen war...!"

Bielfeld nickte kurz.

„Ist schon gut. Und gab es sonst etwas, was dort nicht hin gehörte?"

Sie zuckte mit den Schultern. Bielfeld bohrte weiter. Das Mädchen schien mehr zu wissen als sie im Moment zugab. Der Schock hatte ihre Erinnerung getrübt. Plötzlich fiel Silvie etwas ein:

„Warten Sie!

„Ja, da war wirklich noch etwas. Abseits von dem Weg stand ein silberfarbener Kombi. Aber die Marke weiß ich nicht. Auf jeden Fall kein Audi, BMW oder Mercedes. Die kenne ich. Dieser war anders - eher eckig. Schon etwas älter. Vielleicht wenn ich ihn sehe."

Bielfeld stand auf und verließ das Zimmer. Kurz darauf kam er mit einem Laptop wieder herein.

Er fuhr ihn hoch und googlete nach älteren Kombis. Es dauerte nicht lange und Silvie erkannte den Wagen. Ein Volvo. Genauer: ein Volvo 940 Ti Kombi classic von 1997. Bei dem Betrachten des Bildes hatte Silvie das Auto aus dem Wald vor Augen. Ihre Erinnerung kam zurück. Dem Auto fehlte die hintere linke Radkappe und

seitlich vom Heck erinnerte eine Beule an das Zusammentreffen mit einem Poller. Auch wusste sie Teile des Kennzeichens.
„KI – DD...7". Sie hatte noch darüber geschmunzelt. Denn mit dem Kid aus der Serie „Knight Rider" mit David Hasselhoff, hatte dieses Gefährt rein gar nichts zu tun.
Bielfeld gab sich zufrieden. Das war doch schon was. Eine letzte Frage brannte ihm noch unter den Fingernägeln. Obwohl er die Antwort schon kannte, richtete er sie an Silvie:
„Warum sind Sie nicht gleich zu uns gekommen?"
Silvie sah ihn mit ihren braunen Augen an und antwortete leise:
„Aus Angst, Sie könnten denken, ich war es!"
Bielfeld schüttelte den Kopf und grinste. Mit dem Hinweis, dass er eventuell noch einmal ihre Hilfe bräuchte, entließ er die Zeugin.
Als die junge Frau sich von ihm verabschiedete, war er sicher – Silvie Heyerdahl war unschuldig.

18.

„Herr Fuchs, Sie haben sich am Tag der Ermordung von Joachim Hansen einen alten Volvo 940 Kombi bei Rahbari in Grevenkrug für eine Probefahrt ausgeliehen."
Fuchs schien Bielfelds Frage nicht erwartet zu haben. Er ließ sich seine Überraschung aber nicht anmerken. Berufsroutine.
„Sie haben sich ja sehr genau über mich informiert", erwiderte er grinsend.
„Hatten Sie die Absicht, den Wagen zu kaufen?"
„Warum sonst sollte ich ihn Probe fahren?"
„Lieben Sie Oldtimer?"

„Immer schon. Aber dies war kein echter Oldtimer. Erst gut 15 Jahre alt."
„Was hat Sie dann dazu bewegt, ihn für eine Probefahrt auszuleihen. Noch dazu gleich für 24 Stunden?"
„Es war kurz vor Geschäftsschluss. Ich bin Stammkunde bei Rahbari. Daher war das kein Problem."
„Ich weiß. Sie mieten öfter einen Wagen, obwohl Sie privat einen ziemlich neuen Citroen fahren."
„Wenn ich als Detektiv unterwegs bin, möchte ich nicht schon am Wagen erkannt werden."
„Meist wählen Sie dann aber ziemlich unauffällige Modelle."
„Ich will nicht auffallen und wähle das Modell entsprechend dem betreffenden Fall aus."
„Diesmal aber wollten Sie auffallen?"
„Ich wollte ihn nur so mal fahren. Nicht dienstlich. Die alte Kiste gefiel mir in ihrer vorsintflutigen Hässlichkeit."
„Warum haben Sie den Wagen vor der Rückgabe waschen lassen?"
„Ich wollte mir den Zustand der Lackierung genauer ansehen."
„Und? Waren Sie zufrieden? Haben Sie ihn gekauft?"
„Noch nicht."
„Zu teuer?"
„Das auch. Aber es müssten noch ein paar Dinge daran in Ordnung gebracht werden."
„Die Beule hinten zum Beispiel?"
„Donnerwetter. Sie wissen ja alles. Wollen Sie ihn mir vor der Nase wegkaufen? Dann lassen Sie sich aber eines sagen: Unten an der alten B 404, kurz hinter Wellsee, da steht noch so einer. Dunkelgrün. Der ist erheblich billiger. Wenn Ihnen die Farbe egal ist, dann nehmen Sie doch den. Ich stehe mehr auf silbergrau. Aber dunkelgrün war damals auch sehr beliebt bei Volvofahrern."
Bielfeld ließ ihn quatschen. Vielleicht würde er in seiner Redseligkeit mehr erzählen, als für ihn gut war.

„Und, sind Sie gleich auf die Autobahn? Bei 165 PS ja sicher eine Verlockung."
„Nein. Von Blumenthal übers Land nach Grevenkrug, kleine Rast am Baggersee, weiter über den Milchweg nach Einfeld, Mühbrook, nur eine gemütliche Spazierfahrt."
„Also Grevenkrug, Mühbrook, Wildhof ..."
Von allem etwas. Es war ja so schönes Wetter. In Mühbrook habe ich bei einem deftigen Sauerfleisch den Sonnenuntergang genossen."
„Zeugen?"
„Klar. Beim Sauerfleisch. Sonst bin ich allein herumkutschiert."
„Hätten ja bei so einem Wagen auch gut eine herrschaftliche Dame spazieren fahren können. Oder waren Sie vielleicht doch dienstlich unterwegs? Ein wenig schnüffeln?"
„Frische Luft ja. Aber rein privat."
„Kleiner Spaziergang am Baggersee, nein nur einmal Vogelwiese, zur Sud und zurück. Mehr nicht. Es wurde ja schon dunkel, und ich wollte den Sonnenuntergang in Mühbrook nicht verpassen."

19.

Die Amtsverwaltung hatte auf Anfrage der Polizei die Kartei der örtlichen Jagdpächter durchgesehen. Es war festgestellt worden, dass Joachim Hansen im Besitz eines Jagdgewehres war, das als Tatwaffe in Frage kam. Von dieser Information überrascht verabredeten sich Bielfeld und Friedberg zur Inspektion des Gewehrschrankes im Hause Hansen.

Zusammen mit Kollegin Friedberg klingelte er am frühen Abend bei Adelheid Weimar-Hansen. Sie begrüßte beide freundlich verhalten.
„Zeigen Sie uns doch bitte den Gewehrschrank Ihres Mannes."
„Hier, im Herrenzimmer steht der Waffenschrank. Ich meine, er ist vorschriftsmäßig abgeschlossen, was könnte denn noch sonst überprüft werden? Ich habe mich um die Gewehre meines Mannes nie gekümmert. Ich kann Ihnen also nichts dazu sagen."
„Warum fehlt an einer der vier Halterungen ein Gewehr? Können Sie es mir erklären. Würden Sie uns bitte auch den Innentresor, wo die Munition lagern müsste, zeigen?"
Adelheid wirkte nervös und suchte nach dem Tresorschlüssel. Sie tat so, als würde sie ihn nicht finden. Bielfeld tastete jedoch den Schrank gründlich ab und fand ihn links unten in einer unbedeutenden Streichholzschachtel. Vier Patronenschachteln standen nebeneinander. Drei davon waren leer, die vierte rechteckige Spanholzschachtel, in der sich üblicherweise 20 Schuss befanden, war angebrochen. 18 Patronen des Kalibers 3006, Durchmesser 7,62 mm, wurden gefunden. Die um die 70 Euro teure Munition war also nicht vollzählig.
Ohne nähere Andeutungen über das Ergebnis zu machen, verabschiedeten sich die Polizisten von Adelheid.
Am Auto angekommen ließ Bielfeld alle weiteren Kontrollen absagen.
„Alles passt, wir sind am Ziel! Wollen wir das feiern und noch einen Schluck trinken?"
Bielfeld sah der Kommissarin gut gelaunt in die Augen.
„Wo, dürfen Sie bestimmen. Ich mache alles mit!"
Beide wirken richtig zufrieden und steuern geradewegs ins „Friends by Rollo"

20.

„Kommen wir zur Sache: Wie hoch soll der Preis für das Manuskript sein?"
Kron ließ ihn zappeln:
„Sehen Sie, bei einem so ausgefallenen Objekt, ich möchte sagen…"
Er tat als überlege er.
„Ich meine, es sind schließlich sehr viele Details zu bewerten. Und ich werde Kosten haben, schließlich sollen Sie einen marktgerechten Preis bekommen. Keiner von uns soll hinterher bereuen, eine unangemessene Summe gezahlt oder erhalten zu haben. Gründliche Marktanalyse wird schon nötig sein. Und das alles streng geheim."
„Geheim?"
„Natürlich werden wir die ganze Sache mit einem Paukenschlag herausbringen. Und das geht nur, wenn vorher keiner davon weiß."
„Und wir brauchen einen Gutachter für die Echtheit."
„Das weniger. So wie wir die Blätter gefunden haben … Seit Jahrzehnten unberührt, ich möchte sagen, seit Jahrhunderten… Wäre es eine Fälschung … nein, das möchte ich absolut ausschließen. Wer hätte vor so langer Zeit eine Fälschung produziert und dann zusammen mit dem Brief weggelegt? Unmöglich."
Das Glockenspiel der Ladentür ertönte. Mühsam hob sich Harald Eschenburg aus dem Biedermeiersesselchen. Ein Kunde mittleren Alters hatte das Antiquariat betreten.
„Trinken Sie noch eine Tasse. Das kann ein Weilchen dauern. Lassen Sie den schönen Jasmintee meinetwegen nicht abstehen. Vielleicht denken Sie in der Zwischenzeit über den Preis nach."

Mit keiner Miene ließ sich der Antiquar anmerken, wie störend er das Auftauchen des Besuchers empfand.
„Hereinspaziert. Tee? Kaffee?"
„Sie haben Besuch. Ich störe gewiss."
„Sie und stören? Aber ich bitte Sie. Wir könnten doch zu dritt plaudern. Aber ich weiß nicht, ob…"
„Sehr liebenswürdig. Aber nein, nur kurz eine Frage. Eine vermutlich unsinnige Frage."
„Lassen Sie hören. Bisher haben wir doch immer für Ihre Wünsche passende Lösungen gefunden. Stimmt's?"
„Das ist sehr wahr. Aber diesmal ist es für meine Frau."
„Ihre Frau? Hochzeitstag?"
„Genau."
„Was liest sie denn?"
„Ach das ist es ja eben. Frauenbücher."
„Von Frauen oder für Frauen?"
„Am liebsten beides."
„Wie wäre es mit Annette von Droste-Hülshof, warten Sie. Ich habe hier eine sehr schöne Ausgabe. Hören Sie nur:

„'O wilder Geselle, o toller Fant,
Ich möchte dich kräftig umschlingen,
Und, Sehne an Sehne, zwei Schritte vom Rand
Auf Tod und Leben dann ringen!' [2]

"Nein, lieber etwas Emanzipatorisches."
„Könnte es sein, dass Sie die alte Dame unterschätzen?"
„Mag sein. Trotzdem. Nein. Das ist es nicht. Sie liest ‚Emma' wie andere die BILD."
„Warten Sie, warten Sie. Hier: ‚*Es reicht!*', Die wichtigsten AutorInnen und Beiträge zur sexuellen Belästigung in einem Band, Hrsg. von Alice Schwarzer. (EMMA/KiWi-Band, 8.99 €). So etwas?"

---

[2] Aus: Annette von Droste- Hülshof „Am Turme"

„Hab ich schon bei ihr gesehen. Aber im Prinzip schon. Eigentlich hatte ich an etwas Älteres gedacht. Aber ich kenne mich da nicht so aus. Deshalb komme ich ja auch zu Ihnen."
„Wie wäre es mit „Der kleine Unterschied", dem bahnbrechenden Klassiker von Alice Schwarzer von 1975? Erstaunliche Frustsprüche: ‚*Sexualität ist der Angelpunkt der Frauenfrage. Sexualität ist Spiegel und Instrument der Unterdrückung von Frauen in allen Lebensbereichen.* ... *Hier steht das Fundament männlicher Macht und weiblicher Ohnmacht.*' - Könnte ich kurzfristig beschaffen."
„Sehr schön. Mir kommen die Tränen. Hat sie aber bestimmt schon."
„Könnte ich mir vorstellen. Dann vielleicht hier, eine wirkliche Kostbarkeit, Emma-Sonderband von 1982: ‚Sexualität'. Auch für uns Männer ganz interessant, um frustrierte Frauen besser zu verstehen."
„Das wär was. Gute Idee."
Mit dem historischen Emmaheft in der Tasche, verließ der Mann in der Midlifecrisis zufrieden das Antiquariat.

Durch das Halbdunkel zwischen mit antiken Büchern gefüllten Regalen und mit antiken Stichen beladenen Tischen hindurch kehrte Eschenburg zu seinem Gast zurück, der ihn mit seiner dritten Tasse Tee in der Hand erwartete.
„Tut mir leid. Ging nicht kürzer."
„Macht nichts. Ihr Tee ist gut. Woher bekommen Sie so aromatischen Jasmintee?"
„Sie kennen gewiss ‚Tee-Heyck' in der Innenstadt. Die haben eine für Kiel erstaunliche Auswahl an Teesorten."
Er setzte sich und schaute Kron erwartungsvoll an.
„Weitergekommen mit der Kalkulation?"
„Zweihunderttausend."
„Höre ich recht? Zweihunderttausend für ein Hirngespinst?"

„Spielen Sie es ruhig herunter, machen Sie es wertlos. Das ist schließlich Ihr Geschäft als Schnäppchenjäger."
„Nun mal langsam, junger Mann. ‚Seerose und Lotosblüte' sagen Sie? Den Titel gibt es nicht."
„Klar. Wir haben ihn ja erst vor wenigen Wochen entdeckt."
„Goethe erwähnt ihn auch nicht in seiner Korrespondenz. Ich hab mich schlau gemacht. Nirgendwo. Sein Vorhaben hätte irgendwo auftauchen müssen. Nach dem „West-Östlichen Divan" hatte er einen intensiven Briefwechsel mit Eckermann[3]. Die beiden hatten sich immer über ihre literarischen Pläne ausgetauscht. Aber nichts desgleichen ist zu finden. Sehen Sie hier. Ich habe es für Sie herausgesucht."
Er ging an seinen Laptop und zeigte auf eine Stichwortliste im Kommentar der berühmten Hamburger Ausgabe des Kieler Goetheforschers Erich Trunz.
„Sehen Sie selbst. Finden Sie etwas unter ‚Seerose'? Heideröslein. OK. Aber das ist was anderes. Aber ‚Seerose'? Fehlanzeige. ‚Lotos' ebenso? Klar. Bei anderen. Jede Menge. Hier was besonders Schönes."
Der alte Kulturkenner war in seinem Element und rezitierte mit zärtlichstem Pathos:

„Die Lotosblume ängstigt
Sich vor der Sonne Pracht,
Und mit gesenktem Haupte

---

[3]**Johann Peter Eckermann** (* 21. September 1792 in Winsen (Luhe); † 3. Dezember 1854 in Weimar) war ein deutscher Dichter und enger Vertrauter Goethes.
„Eckermann erscheint mir keineswegs als ein irgend bedeutender Mensch", äußerte Friedrich Hebbel (1813–1863) über Eckermann. „Eckermann [...] ist [...] vorzüglich die Ursache, dass ich den Faust fortsetze", schrieb hingegen Goethe (1749–1832) und „[Er] bleibt, wegen fördernder Teilnahme, ganz unschätzbar." Die Urteile über den jungen Freund und Gehilfen des großen Dichters gehen von jeher weit auseinander.

Erwartet sie träumend die Nacht.
Der Mond, der ist ihr Buhle,
Er weckt sie mit seinem Licht,
Und ihm entschleiert sie freundlich
Ihr frommes Blumengesicht.
Sie blüht und glüht und leuchtet,
Und starret stumm in die Höh';
Sie duftet und weinet und zittert
Vor Liebe und Liebesweh."

Ist aber leider von Heine. Aber Goethe, und dann noch zusammen mit Seerose, ausgeschlossen."
„Ich glaube Ihnen ja und weiß, wie bewandert und kenntnisreich Sie auf dem Gebiet der Literatur sind. Aber Sie missverstehen mich. Es ist gerade die Unbekanntheit – aber wem sage ich das? Sie als Antiquar… - Die treibt doch den Preis. Wahrscheinlich liege ich mit meiner Forderung sogar viel zu niedrig. In drei Jahren erzielen Sie das Zehnfache bei Sotheby's."
„Warum bringen Sie es dann nicht selbst nach London?"
Kron zögerte, bevor er mit der Begründung herausrückte.
„Ihnen kann ich es ja sagen. Ich habe andere Lebenspläne, als in Bordesholm zu versauern. Ich will weg. Weit weg. Und da brauche ich Geld. Jetzt. Aber so lange meine Tante noch lebt…"
„Weiß sie nicht von dem Fund?"
„Das ist es ja eben. Nichts weiß sie. Und soll auch nichts wissen. Daher auch mein Vorschlag:
„Sie erwerben das Manuskript jetzt zum Schnäppchenpreis 200.000 Euro, verpflichten sich aber, es drei Jahre für sich zu behalten und erst dann weiterzuverkaufen."
„Drei Jahre?"
„Das ist ein Jahr mehr als die maximale Lebenserwartung meiner Tante. Ihr Onkologe hat es mir im Vertrauen gesagt. Wenn sie früher stirbt, können Sie von mir aus

auch früher an den Markt gehen. Sagen wir drei Monate nach ihrem Tod."
„Das ist mir alles zu heikel, so ohne Zertifikat."
„No risk no fun!"
Der Antiquar schüttelte den Kopf.
„Ich investiere auch nicht in Hedgefonds. Nein. Wird nichts. Außerdem hab ich nicht so viel flüssig."
„Und wie viel hätten Sie?"
„Lassen Sie. Ich möchte nicht. Ist mir zu riskant."
Kron sah ihn feindselig an:
„Riskanter als das niedliche Hausmädchen meiner Tante mit einem Stuhlbein zu erschlagen?"
Eschenburg erbleichte.
„Ich hab sie nicht erschlagen. Wollte das nicht."
„Ich habe die Mordwaffe sichergestellt. Den Stuhl mitsamt Ihren Fingerabdrücken. Handschuhe trugen Sie ja nicht, wenn ich mich recht entsinne."
„Es war ein Unfall", flüsterte er und ließ sich kraftlos auf einen Stuhl fallen.
„Das wird Hauptkommissar Bielfeld anders sehen."
„Seien Sie ruhig! Sie können nichts beweisen!"
„Sie wissen selbst, dass ich es kann. War ein hübscher Stuhl. Roter Samtbezug. Nur am Stuhlbein ein wenig Blut und der Abdruck Ihrer ganzen Hand."
„Es war ein Unfall. Stand doch schon in der Zeitung."
„Die würden sich nicht scheuen, das Gegenteil zu schreiben, wenn die Polizei Ihnen erst einmal auf die Spur gekommen ist."
„Wie viel brauchen Sie sofort?"
„Kompromiss: Sie zahlen in drei Jahresraten: 100.000 Euro sofort, den Rest in zwei gleichen Raten von 50.000 Euro. In gleichen Anteilen erhalten Sie das Manuskript. Es sind ja lose Blätter. Und Stillschweigen bis zur letzten Rate. OK?"
Kron streckte ihm seine Hand hin. Eschenburg zögerte. Dann griff er kraftlos nach ihr.

21.
Die Pause kam ihm gerade recht, um den Zwang seiner Sucht zu befriedigen. Auf dem Weg nach draußen grüßte er noch einige bekannte und unbekannte Leute im Foyer. Er fuhr sich durch die blonden Haare, die einen Friseurbesuch dringend nötig hätten. Vor der Tür steckte er sich zügig eine Zigarette an und sog den Rauch tief in seine Lungen. Als sich die Pause dem Ende näherte, nickte er den anderen Rauchern zu, die nach drinnen strömten. Er hingegen beschloss, zu gehen.

In dem Antiquariat brannte noch Licht. Der Schimmer der Schreibtischlampe drang nur bis zur hinteren Hälfte seines kleinen Ladens. Die Beleuchtung des Schaufensters ließ den Eingangsbereich im Dunkeln und gab den Blick auf schöne alte Bücherwerke preis. Von Goethe bis zum zweiten Bordesholm-Krimi gab es hier fast alles. Eschenburg, der Antiquar, saß wie so oft bis spät in den Abend hinter seinem Tresen. Fasziniert klickte er sich durch das Internet. Neben ihm im Aschenbecher qualmte eine selbstgedrehte Zigarette. Dass sich die Eingangstür leise öffnete, nahm er kaum wahr. Zu sehr war er in den Informationen vertieft, die ihm das Netz bot. Die Spurensuche um die Funde von unveröffentlichten Goethebriefen ließ eine Nervosität in ihm aufsteigen.

Schritte, kaum hörbar, bewegten sich in dem Gang zwischen den Regalen, die mit alten und neuen Schätzen gut gefüllt waren. Als sie sich deutlich näherten und vor seinem Tresen zum Stehen kamen, nahm er sie wahr, zeigte zur Ablage und sagte ohne den Blick von dem Bildschirm zu wenden:
„Sie können das Essen dort ablegen. Einen kleinen Moment bitte. Ich bin gleich so weit!"
Als nichts passierte, drehte er sich um.

„Sie? Was wollen Sie denn hier?"
Sein Gegenüber betrachtete ihn mit einem stechenden Blick.
„Wir hatten doch etwas vereinbart!"
Dem Antiquar fiel sämtliche Farbe aus dem Gesicht. Schnell schloss er den Deckel einer Blechkassette, die vor ihm stand. Nicht schnell genug. Der Inhalt war dem Besucher nicht entgangen.
Eschenburg stand auf und nickte. Er ging um den Tresen herum und drängelte sich in dem engen Gang an dem unerwarteten Gast vorbei, der keine Anstalten machte, einen Schritt zur Seite zu gehen.
Der Antiquar spürte ein dumpfes Gefühl in der Magengegend und der Blick, der auf seinem Rücken ruhte, brannte. Er ging nach rechts, verschwand hinter einem blauen Vorhang, auf dem große gelbe Sonnenblumen gedruckt waren. Es dauerte nur wenige Minuten, bis Eschenburg das Geld in den Umschlag verstaut hatte. Er hörte ein Räuspern, mehrmals, fordernd. Sein Gast wurde ungeduldig. Der Antiquar tauchte wieder auf und warf den Vorhang mit zitternden Händen hinter sich.
Er stutzte. Sein Blick fiel auf die Kassette, die sein Gegenüber in der Hand trug, und fragte erstaunt:
„He was soll das! Die gehört doch...!"
Ohne Vorwarnung traf ihn die Geldkassette mitten ins Gesicht. Sein Nasenbein bohrte sich tief ins Gehirn. Er strauchelte und suchte vergeblich Halt am Regal neben sich. Zusammen mit 'Kants Kritik der reinen Vernunft' stürzte er zu Boden. Er war bereits ohne Bewusstsein, als er mit weit aufgerissenen Augen auf den Fußboden schlug.
Das Gesicht des Mannes, der den Antiquar niedergeschlagen hatte, rötete sich. Er war zu fast allem entschlossen gewesen, um den Goethetext zu bekommen, bevor er als Fälschung erkannt würde. Doch Mord war nicht geplant gewesen. Aber eigentlich auch gut so,

sagte er zu sich. Er beugte sich hinunter und zog an dem Briefumschlag. Doch der hing fest. In der krampfhaft verschlossenen Faust des Toten. Wut stieg in ihm auf. Mit voller Kraft bog er die Finger auseinander. Das Bersten der Knochen war ihm egal. Er stopfte den Brief in die Jackentasche und verließ, die Geldkassette unter dem rechten Arm, fluchtartig den Laden.

Der Verkehr auf der Holtenauer Straße hatte sich beruhigt. Einige Meter von dem Tatort entfernt parkte ein kleiner Wagen, der mit bunter Werbung auf sich aufmerksam machte. Der Fahrer des Pizzas Services stieg aus. Mit dem Handy am Ohr, in das er pausenlos redete, ging er ums Auto herum und öffnete den Kofferraum. Er nahm einen Karton heraus und sagte nichts mehr. Aus dem Handy drang eine keifende Stimme. Der Fahrer hielt inne, drehte sich weg und nickte immerzu. Den Mann, der eine Kassette trug und sich langsam näherte, beachtete er nicht. Er war so mit seinem Telefonat beschäftigt, dass er nicht einmal bemerkte, wie der Fremde einen Blick ins Auto warf und sich kurz entschlossen hinein setzte. Er brüllte mit hoch rotem Kopf ins Telefon und beendete abrupt das Gespräch. Verärgert schlug er die Kofferklappe zu. Als er das Handy in seine Hosentaschen gleiten ließ, fiel ihm auf, dass er seinen Geldbeutel und die Schlüssel im Auto vergessen hatte. Doch ehe der Pizzafahrer die Fahrertür erreichte, startete der Wagen, heulte kurz auf und sprang mit hoher Drehzahl nach vorne.

Vor Schreck warf er den Karton zur Seite und das Essen landete im hohen Bogen auf der Straße. Durch den Aufprall flog die Pizza aus ihrer Verpackung, rollte auf ihrem krosch gebackenen Boden, wie ein riesiger Keks über die Straße, und blieb hochkant am Bordstein stehen. Vereinzelte Salamischeiben rutschten auf dem fettig, glänzenden Käse herunter, blieben im unteren

Drittel hängen und die Pizza hatte eine verblüffende Ähnlichkeit mit einem Smileys. Zurück blieb ein junger Mann, der fragend seine Arme vom Körper streckte und dem flüchtenden Auto hinterher sah.
Vor den Lokalen der Bergstraße herrschte das übliche Treiben. Gruppen von jungen Leuten standen auf den Gehweg und feierten. Die beiden Polizeibeamten, die durch Kontrollen vermehrt Präsenz zeigten, staunten nicht schlecht. Ein kleines Auto mit bunter Werbung fuhr mit überhöhter Geschwindigkeit an ihnen vorbei die Bergstraße hinunter. Sie liefen zu ihrem Wagen und sprangen hinein. Die Meldung, dass es sich um einen gestohlenen Pkw handelt, erreichte sie kurz darauf. Die Polizisten nahmen die Verfolgung auf und kamen bis zum Sophienblatt. An der Kreuzung zum Ziegelteich herrschte wildes Durcheinander. Einige Wagen standen quer auf der Straße und hupten. Zwei Autofahrer waren ausgestiegen und pöbelten sich an.
Der Blick des Flüchtigen wanderte vom Rückspiegel auf die Straße. Durch sein gewagtes Manöver, die rote Ampel zu überfahren, hatte er seine Verfolger zumindest für einen Moment abgehängt. Der Polizist, der jetzt den Verkehr regeln musste, schlug verärgert auf sein Lenkrad.
Seine Laune besserte sich nicht, als das Funkgerät knarrte und eine weitere Meldung die Runde machte.
„Der Flüchtige steht im Zusammenhang mit einem Raubüberfall auf ein Antiquariat in der Holtenauer Straße."
Der Pizzafahrer hatte den Buchhändler gefunden. Er war der Kunde, den er beliefern sollte. Die Entschuldigung, die er sich zurechtgelegt hatte, mit gestohlenem Auto und zu Boden gefallener Pizza, erstarrte ihm auf den Lippen, als er das Blutbad im Antiquariat entdeckte.

Die Fahndung lief auf Hochtouren und gestaltete sich schwierig. Nicht nur weil der junge Fahrer keine Ahnung hatte, welches Kennzeichen sein gestohlener Wagen trug. Die Halterabfrage kostete wertvolle Zeit, auch weil sich zu dieser Zeit viele beliefern ließen und es von diesen kleinen, bunten Flitzern nur so wimmelte.
Der Mann, der in dem geklauten Auto saß, atmete auf. Er hatte es bis auf die Autobahn geschafft, fuhr mit gleichmäßigem Tempo weiter und fühlte sich sicher. Auch wenn es ihm lieber gewesen wäre, dass sein Gefährt eine weniger auffälligere Farbe und dafür mehr PS gehabt hätte. Den ersten Rastplatz ließ er hinter sich. Er beruhigte sich. Bis die Meldung aus dem Radio kam, die ihn kalt erwischte.
„Vollsperrung der A 215. Auf der Höhe der Abfahrt Blumenthal gab es einen Unfall mit mehreren Fahrzeugen."
Leuchtend rote Bremslichter schreckten ihn auf. Eine Lawine aus Blech reihte sich hintereinander. Hier gab es kein Durchkommen. Er trat auf die Bremse. Schweiß brach ihm aus. Hinter ihm tauchte Blaulicht auf und die Sirenen kündigten Polizei und Rettungskräfte an. Nahm hier seine Flucht ein jähes Ende?
Er riss das Lenkrad herum. Neben dem Wagen vor ihm und der Leitplanke gab es eine schmale Spur, die zur Abfahrt führte. Wie durch ein Nadelöhr quetschte er sich vorbei, fuhr die Abfahrt hinaus und bog nach rechts in Richtung Bordesholm. Auf der Brücke sah er einen Mann, der sich über das Geländer beugte und nach unten blickte. Hatte der den Schlamassel zu verantworten? Mit Gegenständen geworfen? Wollte er sich das Leben nehmen? Oder, war er nur ein neugieriger Passant? Viele Fragen, die ihm letztendlich egal waren. Er hatte ganz andere Probleme und die tauchten vor ihm auf. Doch er hatte Glück. Der Polizeiwagen raste an ihm vorbei.

Er atmete erleichtert auf, wieder einmal. Mit der Hand fuhr er sich über die feuchte Stirn. Sein Blutdruck befand sich im obersten Drittel und lange würde er diesen Stress nicht durchhalten.

„Ich muss den Wagen loswerden, schleunigst!", schoss es ihm durch den Kopf. Er nahm die nächste Einfahrt an der neu gepflanzten Tannenschonung und bog links ab. Nach hundert Metern hielt er sich links, fuhr auf ein altes Forsthaus zu. Nach einer Rechtskurve führte der Weg in einen Buchenwald. Er entdeckte ein an einer Buche gelehntes Damenfahrrad, riss das Steuer herum und fuhr den Wagen dicht an den angrenzenden Knick heran. Er stieg aus, sah sich um, nahm das Rad und fuhr los.

Der Mann mit dem Hund liebte die abendliche Rundfahrt mit dem Fahrrad. Besonders der Eidertalwanderweg war um diese Zeit still und beruhigend. Das hatte er sich nach dem anstrengenden Arbeitstag über den Büchern, Texten und Kursvorbereitungen weiß Gott verdient. Nachdem er das Fahrrad abgestellt hatte, ging er zu Fuß den Weg hinauf. Er hatte von weitem die Sirenen gehört und von dort oben konnte er auf die Autobahn blicken. Oben angekommen zog er an seiner Kopfbedeckung und wendete sich seinem Hund zu. Die Frage, was die Lichter zu bedeuten hätten, hinterließ ein flaues Gefühl in seinem Magen. Sicher wieder einer dieser schweren Unfälle. Morgen, wenn er die Zeitung aufschlug, würde er mehr wissen. Mit weicher Stimme sprach er zu seinem Hund:
„Komm Dicker!"
Sie drehten um und gingen zurück. Wie angewurzelt blieb er an der Stelle stehen, wo er sein Fahrrad abgestellt hatte. Es brauchte einige Sekunden, bis er die Situation realisierte. Stirnrunzelnd nahm er die Mütze

vom Kopf und kratzte sich. Er sah sich nach allen Seiten um. Den Gedanken, dass er sein Erinnerungsvermögen verloren hatte, verwarf er. Nein, er war weder dement noch blind. Sein neues Fahrrad war weg. Beinahe vor seinen Augen gestohlen. Er wurde rot im Gesicht, und Wut flammte in ihm auf. Was er fand, war ein kleines buntes Auto. Die Fahrertür war nur angelehnt. Sein Blick streifte durch die Gegend auf der Suche nach dem Fahrer, der, womöglich wegen einer Notdurft, sich versteckt hielt. Er rief laut: „Hallo! Ist da jemand?" Keiner antwortete. Er zuckte mit den Schultern, wendete sich dem Auto zu und sah hinein. Der Schlüssel steckte. War der Wagen defekt? Hatte der Fahrer eines Pizzadienstes deshalb das Fahrrad genommen? Er hätte ja zumindest fragen können. Der Hund sprang an ihm vorbei direkt auf den Beifahrersitz. Aufrecht, den Blick stur nach vorne gerichtet, wie eine Statue, als würde er nie etwas anderes tun. Sein Herrchen sah ihn an, richtete sich auf, starrte über das Autodach hinweg in das Grün und überlegte, ob er das hier nicht alles nur träumte. Sein Hund, der eher selten mit dem Auto fuhr, schien wohl das kleine Gefährt mit einer Hundehütte zu verwechseln. Er beugte sich wieder hinein, sprach seinen Hund an, der nicht reagierte, ihn nicht einmal eines Blickes würdigte. So wie es aussah, wollte er sitzen bleiben. Der Himmel verdunkelte sich merklich.

Plötzlich fing es an zu schütten, und er rettete sich mit einem Schwung in den kleinen Pkw. Erst nach diversen Versuchen gelang es ihm, den Sitz in eine für ihn erträgliche Stellung zu bringen. Es war eng und ungemütlich. Er fühlte sich unwohl. Er legte die Hände aufs Lenkrad und starrte nach draußen. Wie sein Hund. Der Regen ließ schnell nach, nur vereinzelt fielen noch einige Tropfen. Spontan drehte er den Zündschlüssel, und der Wagen sprang an. Er überlegte. Wenn er jetzt zu

Fuß nach Hause laufen würde, könnte er nass werden, sein Hund sich weiterhin verweigern und er hätte nichts als Ärger. Auf die Gefahr hin, dass ihm das Auto nicht gehörte, tat er das, wonach ihm als passionierter Radler eigentlich nicht der Sinn stand – er fuhr los. Weit kam er nicht. Auf dem Weg nach Bordesholm stoppte ihn die Polizei und nahm beide mit.
Es war schon spät, als man ihm endlich glaubte und seine Frau die beiden von der Wache abholen konnte.

Unterdessen fuhr ein Mann auf einem Fahrrad völlig durchnässt und schnaubend durch Bordesholm.
Die Kassette mit dem gefälschten Text darin hatte er in den See geworfen. Er fuhr jetzt langsamer. Endlich konnte er verschnaufen. Hier würde ihn keiner verfolgen. Hier fühlte er sich wieder sicher. Er hatte es geschafft!
Das Gespräch der beiden Fußgänger, die ihre Mützen tief ins Gesicht gezogen hatten und von der Seite auf ihn zustießen, bekam er am Rande mit.
„Sag mal, fährt da nicht unser ehemaliger Bürgermeister?"
„Jürgen Baasch? Nein! Oder hast du seinen Hund ‚Schröder' gesehen?"
„Das nicht, aber das war doch sein neues Fahrrad!"
„Meinst du?"
Sie blieben stehen und sahen dem Radfahrer hinterher. Der Mann trat kräftig in die Pedale und fuhr so schnell er konnte.

22.

Der Präsident des Kulturvereins hatte zu einer dringlichen und wichtigen Zusammenkunft geladen. Obwohl er zu überraschenden und außerordentlichen Aktionen

neigte, diese Einladung umwehte von vornherein etwas Geheimnisvolles, Besonderes.
„Wir treffen uns am Donnerstag um 19.00 Uhr bei mir. Sagen Sie bitte Niemandem von dieser Zusammenkunft. Wir haben ein Projekt von größter Wichtigkeit für die Region zu besprechen."
Mehr war aus dem Präsidenten am Telefon nicht herauszuholen gewesen.

Nun saßen sie in dem geräumigen Wintergarten des Präsidenten, alle, die der Präsident für fähig und bereit hielt, dazu beizutragen, den kulturell wertvollen Landschaftsraum Bordesholmer Land zu bewahren, zu pflegen und zu beleben. Die Abendsonne blinzelte durch die an historische Orangerien angelehnten Sprossenfenster des zum Wald hin gelegenen Wintergartens, aber die ansonsten muntere Konversation zwischen den Kulturfreunden kam nicht zustande.

„Es ist 19.00 Uhr. Ich will Sie nicht länger warten lassen und Ihnen den Zweck unserer Zusammenkunft eröffnen."

Augenblicklich trat atemlose Stille ein, was der Präsident sichtlich genoss.

„Meine Damen, meine Herren, ich hoffe, Sie sitzen fest. Es ist der Andruck eines Goethe-Dramas aufgetaucht. Hier in unserem Bordesholm. Und ich habe uns die Aufführungsrechte gesichert."

Ungläubiges Gemurmel war die Folge.

„Damit können wir …." wollte der Präsident fortfahren, da fiel ihm der bedächtige Kassenwart, der frühere finanzielle Eskapaden seines Präsidenten im Kopf hatte, ins Wort:

„Was kosten die Rechte – und ist der Text überhaupt echt?"

Mit breitem Lächeln lehnte sich der Präsident in seinem Sessel zurück. Natürlich habe er diesen Einwand

erwartet, aber es gäbe Fakten. Er griff einen Stapel grauer Aktendeckel.
„Die Mappen sind nummeriert, auch die Kopien darin. Nichts verlässt bitte diesen Raum."
Während sein Sohn die Unterlagen verteilte und die Nummer der ausgegebenen Akte in einer vorbereiteten Liste der Anwesenden hinter den Namen vermerkte, erhob sich erstauntes Getuschel:
„Was das wohl dieses Mal wird?"
„Wie ich diesen sogenannten Faktenzwang hasse!"
„Was uns das wohl wieder kosten wird?"
Eine Mappe blieb übrig:
„Dr. Hanselmann. Er ist in unserem Auftrage unterwegs", sagte der Präsident und legte die Mappe zur Seite. Dann atmete er tief ein, blickte in die Runde und begann: „Meine Herren, meine Damen! Dies ist eine bedeutsame Stunde für unseren Verein und für die Region. In der Ihnen soeben übergebenen Mappe befinden sich Kopien des bedeutendsten Fundes, den es in unserer Gemeinde je gab. Sie halten Kopien des Goethe-Werkes 'Seerosen und Lotos' in ihren Händen..."
„Und deshalb machen Sie einen solchen Aufstand? Weshalb haben Sie uns nicht die Bücher übergeben, wenn die für Bordesholm so wichtig sind? Die paar Euros wären dann auch noch übrig gewesen!"
In das zustimmende Gemurmel hinein sagte der Kulturbeauftragte mit klarer Stimme:
„Ich meinte, meinen Goethe zu kennen. Aber das Werk, wie hieß es noch? 'Seerosen und Lotos' ist mir nicht erinnerlich. Der Titel scheint auf den 'West-östlichen Divan' hinzuweisen. Ist es ein Gedicht daraus? Aber das würde mich sehr erstaunen."
„Nein, lieber Freund, Ihre Erinnerung lässt Sie nicht in Stich. 'Seerosen und Lotos' ist ein bislang unbekanntes Werk Goethes. Der Schatz wurde in einem Bordes-

holmer Haus erst dieser Tage gehoben. Im Goethe-Werkverzeichnis werden Sie es vergeblich suchen." Der Präsident genoss das erstaunte Schweigen, dann erklärte er:
„Das Werk fand sich in dem Hause an der Heintzestraße, in dem Gräfin Stolberg zu ihrer Zeit in Bordesholm wohnte. Goethe schickte ihr das Drama dem Brief beigefügt, dessen Kopie ich Ihnen als erstes Blatt übergeben habe. Dann folgen ein Inhalts- und Personenverzeichnis sowie die ersten fünf Seiten ..."
„Unglaublich! Ist das echt?!"
Die Anwesenden blätterten in den Unterlagen, lasen den handgeschriebenen Brief Goethes, überflogen die Zeilen des Werkes.
„Hört sich alles nach Goethe an, Herr Präsident. Aber ...."
Zustimmung heischend blickte der Friseurmeister in die Runde:
„... ist sicher, dass es uns nicht geht wie dem 'Stern' mit den Hitler-Tagebüchern. Der 'Stern' hätte die Fälschungen fast nicht überlebt."
„Weil ich doch diesen Einwand erwartete, ja, er von verantwortungsbewussten Menschen erhoben werden muss, bin ich auf diese Frage vorbereitet. Hier, meine lieben Freunde, ist das Original des Briefes, mit dem Goethe das Werk an Gräfin Stolberg sandte. Und ich habe das Angebot von einem überaus seriösen Partner bekommen, mit dem wir seit langem zusammenarbeiten."
Er zeigte den durch Folie geschützten Brief in die Höhe.
„Den Andruck habe ich trotzdem meinem Freund Dr. Hans-Jürgen Kupfer gezeigt, einem Sachverständigen für europäische Bücher und Druckgrafik bis 1900. Nach einem ersten Blick darauf hält er das Buch für wahrscheinlich echt."

„Na gut. Gehen wir mal davon aus. Was machen wir damit?"
„Wir machen das, was unsere Aufgabe seit 50 Jahren ist: Das kulturelle Leben in unserer Region fördern und Bordesholm nach vorne bringen. Ich habe mir einige Gedanken gemacht."
Nun ließ sich der Präsident nicht mehr aufhalten: „Natürlich muss das Werk jährlich in Bordesholm aufgeführt werden. Dafür ist eine Bühne zu schaffen, denn mehrere Vorstellungen im Jahr werden bei der Klosterkirchengemeinde keine Gegenliebe finden. Deshalb bauen wir eine Freilichtbühne im Amtmannpark. Der Park wird für die Zuschauer terrassiert. Die Bühne ragt in den See hinein. Eine Dauerausstellung muss auf Goethe und Bordesholm hinweisen. Dafür eignet sich entweder die 'Alte Post' am Lindenplatz oder ein Neubau auf der zum Verkauf stehenden Fläche gegenüber dem Alten Kreishaus. Bordesholm muss vom Geist Goethes durchweht werden. Ein Monument des Meisters sollte die Menschen am Bahnhof willkommen heißen, wichtige Straßen umbenannt und Geschäfte den Namen 'Goethe' führen. Zum Beispiel: Ahlmannsche Goethe-Buchhandlung."
„Langsam, langsam. Ist diese Freilichtbühne zu Füßen des Amtmannparkes nicht bereits einmal verworfen worden?" fragte der Friseurmeister dazwischen.
„Stimmt. Von unverständigen Naturerhaltern. Die fegen wir jetzt mit Goethe hinweg."
„Mag sein. Aber lassen Sie uns rationell vorgehen", wandte der Vertreter des örtlichen Kreditinstituts, das seit jeher den Schatzmeister in den Verein entsandte, ein, „... wir brauchen zunächst Zahlen. Welcher Teil des Projektes kostet wie viel? Und wie wird das alles finanziert?"
„Richtig", bestätigte der Präsident, dem wichtig war, dass man dem Vorhaben grundsätzlich zustimmte, „... und

daher schlage ich jetzt vor, wir bilden Arbeitsgruppen. Marketing, Freilichtbühne, permanente Ausstellung, Denkmal. Tragen Sie sich bitte in die Listen ein, bestimmen Sie einen Gruppensprecher und organisieren Sie Ihre Arbeit. Wiedersehen mit Vorstellung erster Ergebnisse in zwei Monaten hier."
Nun erhob er die Stimme:
„Und alles, meine Freunde, alles bitte streng geheim. Keine Menschenseele darf etwas erfahren, bevor wir die Bombe hochgehen lassen. Kein Wort zu niemandem! Das habe ich meinem Partner versprochen. Sonst hätte er mich nicht an den Text herangelassen. Zum Wohle unseres Bordesholm!"

23.

Bielfeld fühlte sich unwohl. Man hatte ihn vom Fernseher weg gerufen. Seine Borussia lag 1:2 zurück. Schiedsrichterentscheidungen waren das! Mit Bier und Korn den Untergang seiner Mannschaft zu begleiten, ging auch nicht: Bereitschaftsdienst. Da war ihm die Ankündigung eines Einsatzes in Bordesholm gerade recht gekommen – bis er hörte, zu wem er sollte.
Er lenkte seinen Mondeo über die Alte B4 durch Grevenkrug Richtung Bordesholm. Hinter dem Gasthaus „Auerhahn" blickte er nach links auf die Weihnachtsbaumpflanzung. Danach musste doch die Fläche kommen, um die in der Region die Fetzen geflogen waren. Die Firma Glindemann wollte im Landschaftsschutzgebiet Kies abbauen. Das ist wirtschaftlich, weil die Anlagen zur Bearbeitung des Bodenschatzes auf der anderen Straßenseite vorhanden sind. Aber die Naturschützer sahen das landschaftlich wertvolle Eidertal in Gefahr. Sie liefen 'Sturm', bedeck-

ten den Rendsburger Landrat mit einem Shit-storm. Wie das ausgegangen war, wusste Bielfeld gar nicht. Aber dass die Koppeln, die sich links von ihm zwischen Knicks sacht zu einer Höhe hinaufzogen, landschaftlich besonders wertvoll sein sollten, erschloss sich ihm nicht auf den ersten Blick:
„Eigentlich sieht das hier aus, als sei es bereits ausgekiest."

Der Kulturverein war ja eigentlich eine gute Sache. Hatte viele gemeinnützige Aufgaben angepackt, um die sich andere nicht kümmerten. Die Beleuchtung der Klosterkirche. Oder den Gewölbekeller und die Heimatstube. Honorige Bürger, die sich ehrenamtlich einsetzen. Aber der Präsident war nicht jedermanns Sache. Und Bielfeld gehörte zu denjenigen, die um den lebhaften, stets von Ideen sprühenden und jeden einbindenden Mann gern einen großen Bogen machte.

„Ach, guten Abend Herr Bielfeld. Was führt Sie denn zu mir? Doch nicht etwa Dienstliches?"
Bielfeld hatte den Eindruck, als solle er an der Tür abgefertigt werden.
„Ich habe einige Fragen an den Präsidenten des Kulturvereins. Darf ich herein kommen?"
Der Präsident machte die Tür frei und lud den Polizisten mit einer Handbewegung ein. Bielfeld, der das Haus kannte, schlug den Weg zum Wintergarten ein.
„Nein, kommen Sie, wir setzen uns in mein Büro. Der Wintergarten ist nicht aufgeräumt."
Sie saßen sich in zwei tiefen Sesseln gegenüber.

„Schießen Sie los, Herr Bielfeld. Was gibt's?"
„Ich will nicht lange drum herum reden. Es geht um ein bisher unbekanntes Goethe-Werk. Das soll hier in Bordesholm aufgetaucht sein. Haben Sie davon gehört?"

„Ist das Auftauchen einer Goethe-Schrift denn strafbar? Und wird von der Mordkommission bearbeitet? Dort sind Sie doch, wenn ich die letzten Kriminalberichte richtig gelesen habe?"

„Ja. Mit dem Auftauchen und wieder Verschwinden dieses angeblichen Goethe-Werkes steht ein Mordanschlag in Zusammenhang. Von Ihnen möchte ich zunächst erfahren: Wissen Sie von dem Goethe-Buch, und, wenn ja, von wem?"

Der Präsident des Kulturvereins griff nach einer silbernen Zigarettendose, nahm sich wie abwesend eine Zigarette heraus, zündete sie an inhalierte tief und sagte: „Ich rauche nicht mehr. Seit Jahren. Die Dose steht nur für Gäste hier. Und für Fälle wie diesen!"

Er machte eine lange Pause, während er tiefe Züge aus der Zigarette nahm, dann richtete er sich auf und sah Bielfeld fest in die Augen:

„Herr Hauptkommissar Bielfeld. Als altem Bordesholmer liegt Ihnen Ihre Gemeinde doch sicher auch am Herzen. Ich bitte Sie dringend, das, was ich Ihnen jetzt sage, geheim zu halten. Denn mit dem Goethe-Werk ist uns etwas in die Hände gespült, das unseren Ort von Grund auf verändert."

„Es gibt die Schrift also?" fuhr Bielfeld dazwischen. „Wo ist sie, kann ich sie sehen?"

„Nein, sehen nicht. Ich habe sie nicht. Aber was interessiert das die Kripo?"

„Ich frage Sie im Zusammenhang mit einem Mordanschlag. Antworten Sie also genau: Hatten Sie das Goethe-Werk in Händen?"

„Nein."

„Aber Sie wissen davon. Von wem?"

„Muss ich das sagen? Ich stehe noch in Verhandlungen über den Ankauf. Das darf niemand wissen, andere würden mir sicher gern dazwischen fahren. Und es gibt eine dreijährige Nichtverwertungsfrist. Der Anbieter darf nicht erfahren, dass ich bereits aktiv bin."

„Ach so. Und nun spekulieren Sie wohl nach dem Gesetz der vollendeten Tatsachen. Aber antworten müssen Sie mir trotzdem."

„Bitte ersparen Sie mir das. Ich bin im Wort."

„Doch, Sie müssen. Und wenn das jetzt nicht etwas schneller geht, dann lade ich Sie für morgen zur Vernehmung ins Präsidium."

„Nun gut."

Der Präsident seufzte:

„Ich bekam den Hinweis auf die Existenz des Werkes von dem Antiquar Eschenburg aus Kiel. Da ich auch Zweifel an der Echtheit hegte, bestand ich auf einer Expertise. Ich habe nur eine Kopie der ersten Seiten. Im Original zeigte mir Herr Eschenburg einen Brief von Goethe an Gräfin Stolberg, in dem er schreibt, das neue Werk liege dem Brief bei."

„Eschenburg, so, so! Ein etwa 60jähriger Buchhändler, nicht wahr?"

„Ja, Sie kennen ihn? Welch Zufall."

„An Zufälle glauben wir bei der Mordkommission eher nicht. Harald Eschenburg ist das Opfer eines Mordanschlages. In dieser Sache ermitteln wir. Nicht wegen Ihres Goethe."

Der Kulturmanager sackte in sich zusammen:

„Mein Gott! Aber wie komme ich nun an das Buch? Können Sie mir dabei helfen?"

„Gern. Aber erst müssen wir es finden. Jeder Hinweis ist wichtig. Arbeiten wir zusammen?"

„Natürlich. Nur sorgen Sie dafür, dass das Stück nach Bordesholm kommt."

Bielfeld verabschiedete sich und deutete an, der Präsident werde wohl doch noch offiziell vernommen werden müssen. Dann fuhr er nachdenklich nach Hause.

Am nächsten Morgen wollte Bielfeld schnell dem Landtagsabgeordneten Ludwig Kron auf den Zahn fühlen. Da würde er aber seine Kollegin Friedberg mitnehmen. Er hatte gehört, der Politiker ist kein Kostverächter, wenn es um junge Frauen ging. Friedberg hatte aber erst am Nachmittag Zeit. Die beiden Beamten trafen sich vor der Wohnung des Abgeordneten im Großen Haus am See. Aber auf das Klingeln meldete sich niemand.

„Was nun?'" Erika Friedberg sah ihren Kollegen unsicher an.

„Warten. Ich möchte sehen, wie er auf unsere Fragen reagiert. Er soll sich sicher fühlen. Deshalb keine Vorladung."

„Aber wir müssen ja nicht hier vor dem Haus warten. Lass uns einen Kaffee trinken gehen. Unten am See. In den ‚Seeterrassen'."

„Seeterrassen? Kenn ich gar nicht."

„Doch, ist neu. Der Kiosk an der Badeanstalt nennt sich jetzt 'Seeterrassen'. Ist ganz nett da. Bei dem Wetter können wir auf der Terrasse sitzen."

Sie gingen den Fußweg hinunter zum Seerundweg, bogen rechts ab und sahen den kleinen Kiosk bereits von Ferne. Zur Rechten glänzten schwarze Flächen und Glas in der Sonne. Der moderne Neubau öffnete sich ganz zum See hin. Steinwände in Gittervorrichtungen setzten einen strengen Kontrast.

„Das baut der junge Elwardt. Der Sohn des Handballmanagers."

„Ganz nett", sagte Bielfeld.

Dann waren sie beim Kiosk angekommen und Jürgen, der Wirt, bat sie, Platz zu nehmen, und brachte ihnen den Kaffee an den Tisch. Ein wundervoller Blick eröffnete sich über die neue Seebrücke, die Insel hin zur Klosterkirche, deren Dachreiter stolz in den blauen Himmel stach.

„Da ist ja unsere berühmte Insel im See. Hatte da nicht der alte Fischer – wie hieß er noch - seinen Vater begraben?"
„Ja, und der Mörder von Schmalstede hat sich auch auf ihr versteckt. Zieht offenbar Kriminalgeschichten an, das kleine Eiland."

Sie genossen die Stille. Ein Haubentaucher verschwand vor ihren Augen. Wie lange der tauchen kann.
„Links oder rechts?" fragte Bielfeld. Seine Kollegin sah ihn verständnislos an.
„Wo taucht er wieder auf. Links oder rechts von der Eintauchstelle. Haben wir als Jungs immer gewettet."
Da schoss der Vogel aus dem Wasser empor, etwa zehn Meter vor der Terrasse.

Er zuckte mit dem langen Hals, schien sich das Wasser abzuschütteln und – schwupp – war er wieder unter der Wasseroberfläche verschwunden.
„Rechts oder links. Um den Kaffee", sagte Bielfeld.
„Links", legte sich Friedberg fest. Da kam auf seinem Fahrrad schnaufend Ludwig Kron von der Eidersteder Straße heran und rief von weitem:
„Jürgen, ein Bier. Verdammt anstrengendes Leben ohne Führerschein."
Er stellte sein Fahrrad ab und ging auf den Kiosk zu. Erika Friedberg kannte den Landtagsabgeordneten von den Wahlkämpfen her, wenn alle Politiker bei Kloppenburg oder vor Sky Rosen und Blumensamen verteilend um Stimmen warben.
„Herr Kron, wir wollten Sie besuchen. Würden Sie sich einen Moment zu uns setzen?"
Überrascht blickte Kron die beiden an. Sein Blick sprang schnell von Bielfeld zu Friedberg und blieb bei ihr.
„Gerne doch, sehr gerne, junge Frau", säuselte er. Die Polizisten erhoben sich und stellten sich vor.

„Wusste gar nicht, dass Polizeistimmen so schön sein können", schwadronierte er drauf los, „aber was verschafft mir die Ehre?"
Sie setzten sich, und Jürgen brachte dem Abgeordneten sein Bier. Der nahm einen großen Schluck, wischte sich über den Mund und sagte:
„Nun, schießen Sie los."
„Haben Sie einen besonderen, weil unbekannten Text von Goethe in Ihrem Besitz?"
„Nein."
„Wissen Sie davon, dass in Bordesholm ein solcher Text aufgetaucht ist?"
„Ja. Und ich hatte ihn auch in Händen."
„Und wo ist das Exemplar jetzt?"
„Ich habe es dem Antiquariatsbuchhändler Eschenburg gegeben. Der soll es vermarkten."
„Wem gehört das Buch denn?"
„Kein Kommentar."
„Was gedenken Sie jetzt zu tun hinsichtlich des Goethe-Buches?", schaltete sich Friedberg ein, die bis dahin still den Abgeordneten beobachtet hatte.
„Ich werde Eschenburg bitten, mir das Buch zurück zu geben."
„Das, sehr geehrter Herr Abgeordneter, wird nicht möglich sein. Herr Eschenburg wurde ermordet. Und das Buch haben wir bei ihm nicht gefunden."
Damit erhoben sich Bielfeld und Friedberg und gingen auf dem Seerundweg zurück zu ihren Autos. Neben dem Weg lagen einige recht massive Äste und Stammteile. Hatte nicht gerade ein Bericht über ungenehmigte Fällarbeiten in der „Holsteiner Zeitung" gestanden? Aber darum kümmerten sich ihre Kollegen.

24.

Tobias Seifert, 42 Jahre alt, seit 3 Jahren Kriminalkommissar im Mordkommissariat Kiel, erhielt von seinem Chef den Auftrag, den Mordfall Harald Eschenburg, Kiel, Holtenauer Straße 109, zu bearbeiten. Die Praktikantin Astrid Miller, bisher im Kieler Landgericht als Gerichtsreferendarin tätig, wurde ihm zur Hilfe angeboten. Er willigte gerne ein, für die vielen Kleinigkeiten, die bei einem Mordfall zu klären waren, Unterstützung zu bekommen.

„Frau Miller, ich würde gern sofort die Witwe von Harald Eschenburg besuchen. Sie wohnt, soviel ich weiß, in Flintbek und ist freitags-vormittags und am Sonnabend bis 14 Uhr im Buchladen in der Holtenauer Straße tätig. Melden Sie uns an, wenn Sie die private Telefon-Nummer gefunden haben und verabreden Sie einen Besuchstermin im Geschäft."

Sie suchten Caro Eschenburg im Buchladen ihres Mannes an einem Donnerstagmorgen um 10.00 Uhr auf.
„Vorübergehend geschlossen", verkündete ein Schild an der Eingangstür des Antiquariats. Seifert zögerte. Er war mit der Frau Eschenburg verabredet. Sicherlich erwartete sie ihn im Laden. Er versuchte, die Tür zu öffnen, doch ohne Erfolg.
„Vielleicht gibt es noch einen weiteren Eingang", vermutete die Praktikantin, und sie ging durch den Toreingang des Nachbarhauses auf den Hinterhof.
Seifert klopfte an die Ladentür. Vergebens. Dann folgte er Frau Miller auf den Hinterhof, und er fand sie vor dem Lieferantinnen- und Lieferanteneingang des Antiquariats im Gespräch mit Frau Eschenburg. Die beiden Frauen kamen ihm bereits entgegen.
„Entschuldigen Sie bitte, aber das Antiquariat ist geschlossen seit ...." Sie zögerte.

„Schon gut. Wir haben Sie ja gefunden. Gehen wir von vorne hinein oder führen Sie uns von hier aus in den Laden?"
„Nein, nein. Über den Hintereingang. Sonst denken die Leute am Ende, es wäre geöffnet." Durch einen schmalen Gang voller Bücherkisten, vorbei an einem großen Kopiergerät, folgten sie der Dame in das Antiquariatsbüro.
„Nehmen Sie Platz. Soll ich Ihnen einen Tee machen? Ich weiß allerdings nicht, ob…"
„Sehr freundlich. Aber sparen Sie sich die Mühe. Wir werden Sie nicht lange aufhalten", wehrte der junge Polizist ab.

Er und seine Assistentin nahmen auf den beiden Stühlen vor dem Schreibtisch Platz, Frau Eschenburg setzte sich ihnen gegenüber an den Schreibtisch.

„Es ist sein Platz", sagte sie und schaute unsicher um sich. „Ich habe hier nie gesessen. Aber ich werde wohl den Laden weiterführen, auch wenn der Mordanschlag auf meinen Mann noch völlig ungeklärt ist. Ich bin froh, dass Sie da sind und biete jede Hilfe an."

Seifert bedankte sich und begann gleich mit der ersten Frage:

„Erzählen Sie uns bitte, was Sie wissen über die letzten Wochen Ihres Mannes. Hatte er sich verändert? Kamen Ihnen irgendwelche Zweifel an seinem Verhalten? Wurde er bedrängt oder erpresst? Kennen Sie seine Kunden? Könnte er Feinde gehabt haben?"

Caro Eschenburg, eine zierliche dunkelhaarige Endfünfzigerin, beschrieb ihren verstorbenen Mann als Bücherchaoten, spezialisiert auf antiquarische Ausgaben großer deutscher Dichter und Romanhelden des 18. und 19. Jahrhunderts. Ihre Freizeit verbrachten beide eigentlich nur mit Lesen. Sie fuhren gemeinsam zu großen Versteigerungen innerhalb Europas. Sie waren kinderlos und hatten kaum Freunde. Seltene Werke, die

ihr Mann erwarb und später gut verkaufen konnte, hatten ihnen zu einem guten Kapital verholfen.
„Mein Mann schien in den letzten Tagen einen ganz besonderen Fisch an der Angel zu haben. Er tat geheimnisvoll, wirkte nervös, eigentlich beängstigend unruhig und bat mich öfter als sonst, ihn in unserem Laden zu vertreten. Er hätte wichtige Termine außerhalb Kiels. Es würde sich lohnen, auch abends noch länger wegzubleiben. Sie solle sich also keine Gedanken machen."
Astrid Miller nahm während des Gesprächs den Schreibtisch des Opfers genau in Augenschein.
"Da werden Sie nicht viel finden", erklärte Frau Eschenburg abwehrend. „ Ihre Kollegen haben schon alles durchgesehen. - Aber ich habe Ihnen etwas mitgebracht."
Die Witwe öffnete eine Seitenschublade des Schreibtisches und holte eine Kassette hervor, nahm ein kleines Heft heraus und reichte es Astrid Miller.
„Hier ist sein Notizbuch. Ich habe es in der Wohnung gefunden."
Die Praktikantin nahm das Büchlein in Augenschein.
„Es scheint der Terminkalender von Harald Eschenburg zu sein. Herr Seifert, schauen Sie hier, die Abkürzung J.H. taucht in den letzten drei Wochen mehrere Male auf. Wer könnte das sein?"
Seifert gab die Frage weiter an Frau Eschenburg, die darauf keine Antwort wusste.
„Herr Kommissar, da fällt mir doch noch etwas ein, was vielleicht wichtig ist. Nach meinen ständigen Nachfragen, wohin er eigentlich fährt, hatte er einmal den Namen 'Bordesholm' genannt."
„Vielen Dank. Ich glaube, Sie haben uns sehr geholfen. Dennoch würde ich Ihnen gern noch eine letzte Frage stellen: Kennen Sie eine oder mehrere der folgenden Personen?".

Langsam nannte er nacheinander die fünf Namen: Adelheid Weimar-Hansen, Ludwig Kron, Paula Borkowski, Silvie Heyerdahl, Reinhard Fuchs und Joachim Hansen.

„Nein. Kenne ich alle nicht. Nur der Name Ludwig Kron kommt mir bekannt vor. Ist das nicht der Landtagsabgeordnete, der mit dem geplanten Kiesabbau in Grevenkrug durch die Presse ging?"

„Da haben Sie recht. Der heißt in der Tat so."

Astrid Miller nahm die Kassette an sich und die Polizisten verabschiedeten sich.

„Machen Sie alle J.H.s in Bordesholm ausfindig", beauftragte der Kommissar die Praktikantin, als sie gingen. „Vielleicht haben wir Glück. Jedenfalls ein kleiner Anhaltspunkt nach dem anstrengenden Gespräch mit Caro Eschenburg."

Astrid Miller war richtig stolz, als sie ihren Erfolg, J.H. gleich Joachim Hansen, Bordesholm, Heintzestraße, nebst Telefonnummer Kommissar Bielfeld mitteilen konnte, der sich gerade in der Polizeistation Bordesholm aufhielt.

25.

„Meine Damen und Herren", begann Bielfeld die kurzfristig anberaumte Besprechung im Polizeipräsidium, „ich habe Sie zusammengerufen, um mit Ihnen die neuen Erkenntnisse im Mordfall des Kieler Antiquars zu sammeln. Und unser weiteres Vorgehen festzulegen."

Bielfeld öffnete die vor ihm liegende Mappe mit der Polizeiakte Harald Eschenburg.

„Herr Seifert, würden Sie bitte beginnen?"

„Vor zwei Tagen haben Astrid Miller und ich noch einmal die Witwe des Antiquars aufgesucht. Von ihr erfuhren wir, dass das Opfer des grausigen Anschlages offenbar in den letzten Wochen einige ungewöhnliche Verabredungen hatte. Unter anderem in Bordesholm. Worum es bei diesen nach den Andeutungen ihres Mannes ‚höchst wichtigen' Terminen ging, konnte sie uns nicht sagen. Er hatte nicht mit ihr darüber gesprochen. Ort und Gegenstand der dort geführten Verhandlungen sind unklar. Sie übergab uns jedoch eine Kassette und das persönliche Notizbuch ihres verstorbenen Mannes. Dort waren neben allen eingetragenen Bordesholmterminen jeweils säuberlich die Initialen J.H. vermerkt."

„Mit J.H.", fuhr er fort, „könnten die Initialen von Joachim Hansen gemeint sein, dem ermordeten Mann von Adelheid Weimar-Hansen, in deren Haus die Hausangestellte Paula Borkowski kürzlich unter seltsamen Umständen tödlich verunglückt ist. Ich hatte seinerzeit mit dem Fall zu tun."

„Ist das nicht eine sehr gewagte Spekulation?", unterbrach ihn ein älterer Kollege.

„Nur auf den ersten Blick", widersprach ihm Bielfeld. „In der Tat deutet einiges darauf hin. Kollege Seifert ist dieser Vermutung nachgegangen und hat bereits interessante Erkenntnisse gewonnen. Am besten, er informiert Sie selbst über seine Ergebnisse."

Seifert erhob sich und berichtete:

„Joachim Hansen hat sich, wie wir inzwischen wissen, vor seinem Tod wenigstens dreimal mit dem Antiquar getroffen. Zumindest einmal zusammen mit seinem Neffen, Ludwig Kron, im Antiquariat in Kiel. Ein anderes Mal hat sich Herr Eschenburg persönlich ins Haus von Adelheid und Joachim Hansen bemüht, wie wir von einer Angestellten im Hause Weimar-Hansen inzwischen erfahren haben. Außerdem war der Antiquar

höchstwahrscheinlich auch an dem Abend in Bordesholm, als die unglückselige Paula Borkowski tödlich verunglückt ist. Jedenfalls findet sich auch dieses Datum in seiner Liste von ‚J.H.-Dates'."
Bielfeld sah sich in der Runde um.
„Gibt es weitere Erkenntnisse?"
„Erkenntnisse leider nicht", mischte sich Erika Friedberg ein, „aber ich möchte, wenn ich darf, in diesem Zusammenhang doch noch einmal auf die Todesumstände der unglückseligen Paula zurückkommen. Ein Unfall, wie allgemein angenommen, scheint mir nach wie vor zwar nicht ausgeschlossen, aber doch zumindest zweifelhaft. Immerhin hatte das Mädchen unmittelbar vor ihrem Tod intimen Kontakt mit zwei verschiedenen Männern. Außerdem, Treppensturz hin, Treppensturz her, ihre Kopfverletzungen konnten nicht eindeutig zugeordnet werden. Hinzu kommt der ebenfalls noch nicht aufgeklärte Mord an Joachim Hansen, dem Ehemann von Adelheid Weimar-Hansen und Onkel von Ludwig Kron".
„Meine Vorstellung geht in genau diese Richtung", nahm Bielfeld das Gespräch wieder an sich. „Wir haben im Abstand von wenigen Wochen bereits den dritten Mordfall im unmittelbaren Umfeld des Landtagsabgeordneten Kron. Daher werde ich die Ermittlungen in den drei Fällen zusammenlegen und eine gemeinsame Mordkommission bilden, der Sie alle angehören sollten. Sämtliche relevanten Personen im Umkreis der drei Fälle sind erneut zu befragen, um ihre Beziehungen untereinander, insbesondere aber ihr Verhältnis zu Ludwig Kron herauszufinden, bei dem, auch wenn er bisher nie direkt in Erscheinung getreten ist, offenbar alle Fäden zusammenlaufen: Er war Geliebter des polnischen Hausmädchens, Neffe von Joachim Hansen und, gemeinsam mit diesem, Geschäftspartner des ermor-

deten Antiquars, wie wir inzwischen aus den Notizen Eschenburgs wissen.

26.

„Herr Kron", begann Bielfeld, „ich möchte ganz offen mit Ihnen sprechen."
„Wenn im Foyer des Landeshauses jemand so anfängt", unterbrach ihn Kron, „so lässt das nichts Gutes ahnen. Egal von welcher Fraktion er kommt."
„Das glaube ich Ihnen. Und wenn Sie das damit andeuten wollen: Selbstverständlich werde ich Ihre Immunität als Abgeordneter beachten. Daher kann und will ich im Augenblick keineswegs gegen Sie ermitteln. Vielleicht aber sind Sie so freundlich und beantworten mir dennoch ein paar Fragen?"
„Schießen Sie los."
„Natürlich wollen wir kein politisches Gespräch führen. Es geht nicht um Absprachen und Entscheidungen, sondern um Wahrheitsfindung. Es gibt auf unserer Seite auch keine Fraktionen. Deshalb sind wir auch nicht im Landeshaus, sondern haben für unser Gespräch bewusst das Haus Ihrer Tante gewählt."
„Kommen Sie doch herein. Am besten, wir gehen ins Kaminzimmer. Das kennen Sie ja schon. Da sind wir ungestört. Meine Tante ist im Garten."
„Lieber wäre es mir, wenn wir in die alte verstaubte Bibliothek gehen könnten, wo Sie den Goethe aufgespürt haben."
„Gern. Aber der kostbare Fund ist nicht mehr dort."
„Das ist uns klar."
Zusammen gingen sie die Treppe hinauf, die Paula zum Schicksal geworden war.

„Es ist auch nicht der Ort, den die hübsche polnische Hausangestellte Ihrer Tante, Paula Borkowski, als letzten lebend gesehen hat, bevor sie nach dem tragischen Treppensturz für immer die Augen hat schließen müssen?", fragte Bielfeld.
„So wird es wohl gewesen sein. Allerdings war ich nicht Zeuge des Unfalls. Woher wissen Sie übrigens, dass sie hübsch war?"
„Man sagt, dass Sie sich gern mit hübschen Frauen umgeben. Und da lag der Schluss nahe, zumal Sie offenbar der Letzte gewesen sind, der das Mädchen lebend gesehen hat."
„Was allerdings Stunden vor ihrem Tod gewesen ist."
„Sagen Sie. Aber da sind wir uns nicht so ganz sicher."
„Woher die Zweifel?"
„Sie haben seinerzeit zu Protokoll gegeben, dass Sie an dem fraglichen Abend zusammen mit dem Hausmädchen hier auf dem Speicher aufgeräumt haben. Aber es ist offenbar nicht beim Aufräumen geblieben. Zumindest nicht im bürgerlichen Sinne des Wortes."
„Nein, wir haben noch ein Gläschen zusammen getrunken. Stand das nicht im Protokoll?"
„Das schon. Nicht aber, dass Sie kurz vor ihrem Tod noch intimen Kontakt mit Paula Borkowski hatten."
„Wie kommen Sie darauf?"
„Tun Sie doch nicht so, als könnten Sie das Wort Pathologie nicht buchstabieren."
„Nun ja. Wie gesagt, das ist allerdings Stunden vor ihrem Tod gewesen. Das musste ja nach ihrem Tod nicht gleich alle Welt wissen. Vor allem meine Tante nicht."
„Kann ich verstehen."
„Und nun vermuten Sie einen Mord, und ich bin Ihr Hauptverdächtiger. Stimmt's?"
„Wie ich schon sagte, ich möchte ganz offen mit Ihnen sprechen."

„Bitte sehr. Ich höre. Hatte ich Sie bisher daran gehindert?"
Bielfeld überhörte die Frage.
„Ich habe eine gute und eine schlechte Nachricht für Sie."
„Erst die schlechte, wenn ich bitten darf."
„Ihr Alibi für die Nacht des Treppensturzes ist nicht lückenlos."
„Dachte ich mir schon. Wegen der getrennten Schlafzimmer."
„Und da Ihre Frau uns von einem Fernsehfilm berichtet hat, der bis 23.15 lief. Bis dahin jedenfalls waren Sie offenbar noch nicht zu Hause."
Bielfeld sah sein Gegenüber fragend an. Aber Kron schwieg.
„Und die gute Nachricht?", fragte er schließlich, „Hat mich jemand gesehen, wie ich heimgeradelt bin?"
„Leider nicht. Aber – gesetzt den Fall, es war kein Unfall: Außer Ihnen gibt es zwei weitere Verdächtige."
„Sie machen mich neugierig."
„Ihrem Onkel hatte die Kleine wohl an besagtem Tage ebenfalls die Ehre einer Verführung erwiesen."
„Mein verblichener Onkel. Gott habe ihn selig. Es sei ihm gegönnt. Und außerdem: das überrascht mich nicht. Sie war ein Flittchen. Und der andere?"
„Nun müssen Sie mir weiterhelfen."
„Wie soll ich das verstehen? Sie sprechen in Rätseln."
„Das Opfer des Treppensturzes hatte fremde Hautzellen unter den Fingernägeln. Raten Sie, von wem!"
„Hautzellen? Also ging ein Gerangel voraus."
„Ganz recht. Im guten oder bösen Sinne."
„Ich sagte schon. Sie war ein Flittchen."
„Wollen Sie damit andeuten, sie hat sich an besagtem Abend auch noch mit dem Antiquar Eschenburg vergnügt? Noch dazu sehr temperamentvoll? Wurde sie

gar von Ihnen vermittelt? Hier oben auf dem Speicher Ihrer würdigen Tante?"
Kron verschlug es die Sprache. Er setzte sich auf einen der Stühle. Bielfeld rückte einen weiteren Stuhl heran und nahm unmittelbar vor Kron ihm gegenüber Platz.
„Das ist ungeheuerlich", seufzte der Abgeordnete.
„So sehe ich das auch."
Als sein Gegenüber schwieg, stellte Bielfeld ihn vor die Alternative:
„Entweder, Sie erzählen mir jetzt genau, was auf dem Speicher vorgefallen ist, oder ich beantrage morgen gleich um 9.00 Uhr die Aufhebung Ihrer Immunität, und wir treffen uns danach im Polizeipräsidium Kiel zu einem Verhör. Vielleicht bringen Sie dann auch gleich einen Anwalt mit."
„Brauche ich nicht. Bin selbst Jurist."
„Ohne Abschluss, wenn ich die Akten recht in Erinnerung habe."
„Was tut das zur Sache?"
„Nichts. Aber ich warte auf den mutmaßlichen Tathergang."
„Tat! Tat! Was für eine Tat? Da gibt es keine Tat."
„Was dann? Was geschah genau an jenem Abend, als Sie sich hier auf dem Speicher zu dritt oder gar zu viert getroffen haben?"
„Wir haben uns nicht ‚getroffen', wie Sie es ausdrücken", stellte Kron richtig. „Die Wahrheit ist – Sie wissen es ja ohnehin schon – ich hatte es mir mal wieder hier oben mit Paula gemütlich gemacht, Sie verstehen. War ja auch ein Prachtexemplar. Und dann plötzlich – wir lagen noch im Dunklen beieinander – hörten wir ein Knarren der Treppe. Leise heimliche Schritte. Dann das Licht einer Taschenlampe. Paula war beherzter als ich und stellte mutig den Eindringling: Eschenburg. Der ließ die Taschenlampe fallen, packte sie mit beiden Händen und wollte an ihr vorbei fliehen.

Paula trat nach ihm, obwohl barfuß, offenbar sehr erfolgreich. Er schrie kurz auf. Sie konnte sich befreien, griff nach einem der Stühle, hob ihn drohend in die Luft und versperrte ihm den Weg. Ich wollte ihr zur Hilfe kommen, aber zu spät. Eschenburg entriss ihr den Stuhl und schlug damit auf sie ein. Sie schrie laut auf, torkelte zur Treppe, stürzte, rumpelte die Stufen hinunter und blieb leblos am Treppenabsatz liegen."
„Und dann? Warum kein Krankenwagen?"
„Ihr war nicht mehr zu helfen. Wir zogen es vor, uns aus dem Staube zu machen. Alles sah nach einem Unfall aus."
„Was haben Sie mit dem Stuhl gemacht? Ich meine mit der Mordwaffe?"
„Den Stuhl habe ich beiseite geschafft. Aber Mord war es nicht. Glaube ich nicht. Hätte Eschenburg nicht gebracht. Er wollte nichts wie weg. Glaubte ja noch, er sei unerkannt geblieben, da Paula ihn nie vorher gesehen hatte."
„Verstehe. Private Spurensicherung. Damit hatten Sie Eschenburg in der Hand."
„Klar. Er war heimlich ins Haus eingedrungen. Offenbar hatte er die Absicht gehabt, das Goethemanuskript zu entwenden. Als ob ich das hier einfach hätte herumliegen lassen! Nun hatte ich ihn in der Hand. War er schließlich selbst schuld. Was bricht er bei meiner Tante ein?"
„Werden Sie das alles morgen in meinem Büro zu Protokoll geben? Trotz Ihrer Immunität als Abgeordneter?"
„Einverstanden. Unter einer Bedingung."
„Und die wäre?"
„Sie hatten mich mit Sicherheit auch im Zusammenhang mit dem Mord an meinem lieben Onkel im Visier."
„Kein Problem", fiel ihm Bielfeld ins Wort, „Ihr Alibi ist überprüft und bestätigt. Wir wissen, dass Sie zur Mordzeit mit den Bürgern über die strittige Kiesgruben-

erweiterung in Grevenkrug diskutiert haben. Mehrere Dutzend Zeugen."

„Gut. Das nehmen Sie dann morgen bitte im Protokoll auf. Das ist das eine. Aber ich bitte Sie, zur Kenntnis zu nehmen, dass ich an dem Abend, an dem der Antiquar erschlagen wurde, ebenfalls in der Gesellschaft von etlichen Dutzenden von Zeugen war: Hedda Gabler im Schauspielhaus."

„Richtig. Und der Mordanschlag geschah nur drei Häuser weit entfernt. Sie waren also in unmittelbarer Nachbarschaft des Tatorts."

„Ich könnte Zeugen benennen."

„Auch für die Pause?"

„Auch für die Pause."

„Auch für die zweite Hälfte nach der Pause?"

„Auch dafür."

„Interessant. Aber eines nach dem anderen. Wir sehen uns morgen."

27.

Ludwig Kron erschrak.

„Was? Die Polizei ist bei dir gewesen?", rief er erstaunt ins Telefon. „Was wollten die denn? Ist der Fall nicht längst abgeschlossen?"

„Dachte ich auch. Aber es schien nicht mehr um Paula zu gehen. Es ging um diesen ermordeten Kieler Antiquar. Dein Onkel hatte doch Verbindungen zu ihm. Und nun standen sie plötzlich vor meiner Tür."

„Von was für Verbindungen meines Onkels sprichst du?"

„Musst du doch wissen. Ihr habt doch die alten Bücher an ihn verramscht."

Ludwig Kron wurde hellhörig. Das hatte er nicht erwartet. Hatte der alte Hansen sich verplappert? Kron legte sein Taschentuch um das Handy, spielte den lieben trauernden Neffen und sprach, immer wieder Pausen einlegend, mit rauer Stimme ins Mikro:
„Ach ja, Silvie. - Das waren noch Zeiten. - Mein lieber Onkel."
Es folgte eine noch längere Kunstpause, bevor er stockend weiterredete:
„Was gäb ich darum, wenn er noch da wäre."
Er schnäuzte sich die Nase, räusperte sich.
„Pass auf", fuhr er dann mit wieder gefestigter Stimme fort, „hast du Zeit? Lass uns mal in Ruhe über all das Schreckliche reden."
„Mit mir?"
„Ja. Würde ich gern."
„Wenn du meinst. Und wann?"
„Am liebsten gleich. Hab sonst keinen, mit dem ich…"
„Nicht einmal deine Tante?"
„Ach die… nein. Mit der kann ich nicht reden. Und schon gar nicht über Onkel Joachim. Den hat sie doch gehasst. Der Arme. Hat es nicht leicht gehabt mit ihr. Lebte doch nur noch pro forma mit ihr zusammen. Hat sich seine Streicheleinheiten anderswo holen müssen."
„Am liebsten gleich, sagtest du?"
„Ist dir sicher zu plötzlich. Entschuldige. Kam mir nur so in den Sinn. Weißt du, wir beide sind uns ja immer nur flüchtig begegnet. Aber irgendwie habe ich mir schon immer gewünscht, mal in Ruhe mit dir zusammen zu sein."
Kunstpause. Er ließ die letzten Wörter wirken. Reizworte. ‚Zusammen sein' das musste erst einmal ein Weilchen so stehen bleiben. Dann, als das Handy schwieg, kein Protest aber auch keine Zustimmung signalisierend, legte er nach:

„Jetzt, wo dir und mir Joachim abhanden gekommen ist…"
„Wie meinst du das?"
Aha. Sie schnupperte am Köder. Er wartete ab, bereit, der Angelschnur Raum zu geben. Da:
„Du meinst, wir sollten …"
„Ja. Sollten wir. Unbedingt. Ist längst fällig. Ganz locker. Nur wir zwei. Mit viel Zeit."
Kein Ton von der anderen Seite.
Rhetorischer Scheinrückzieher:
„Nur reden meine ich. Er fehlt uns doch. Wir waren doch seine engsten Vertrauten. Oder?"
Pause. Dann hatte er sie am Haken.
„Jetzt gleich?"
„Oder am Abend in Bissee." Ein Test. Er wusste, dass die beiden da oft gewesen waren.
„Nein, nicht so gern. Lieber näher bei mir. Ich möchte zu Fuß nach Hause gehen können."
„Und ich soll dann ein Taxi nehmen?"
„Oder Abstinenz üben."
„Villa Coloniale? 20.00 Uhr? Ich bestell einen Tisch."
„OK. Bis dann. Ich freu mich."
„Ich auch."
Kron wartete bis 18.00 Uhr. Dann erst rief er an.
„Buona sera, Giuseppe. Kron hier. Wie belegt seid ihr heute? Schon alles ausgebucht?"
„Eigentlich ja. Erst so um 20.00 wird es besser. Zumindest im Wintergarten. So genau nicht zu sagen. Kommen Sie einfach vorbei. Aber erst nach acht. Zwei Personen?"
„Zwei Personen."
„Wir werden um diese Zeit schon ein Plätzchen für Sie finden. Notfalls nehmen Sie erst einen Grappa am Tresen."
„Zum warm werden."
„Haben Sie doch nicht nötig, Herr Kron."

„Oder, um ordentlich Appetit zu bekommen, Sie Schlawiner."
„Haben Sie doch auch nicht nötig."
„Aber ich komme ja nicht allein."
„Weiß ich ja. Grappa ist immer gut. Oder lieber einen Caipi? Geht auf meine Rechnung."
Beide lachten.
Kron meldete sich sofort danach bei Silvie.
„Hallo Silvie? Bleibt es dabei?"
„Ich denke ja. Oder?"
„Kannst du auch etwas früher? So gegen Sieben?"
Sie schaute auf die Uhr.
„Du meinst jetzt sofort?"
„Warum nicht. Giuseppe meint, es sei ziemlich voll, aber ein Plätzchen für uns beide werde er noch finden, wenn wir früh genug kommen."
„Ich wollte noch duschen."
„Zum Essen?"
Pause auf der anderen Seite.
„Reicht doch eine Douche Française."
„Wie meinst du das?"
„Deo statt Wasser. Duschen kannst du anschließend."
„Chanel No. 5 oder Poison."
„Poison. Willst ja wohl nicht wie Tante Adelheid riechen."
„OK. Wollte dein Onkel wohl auch nicht. Dabei hatte ich es extra seinetwegen gekauft. Aber ich dachte, für einen älteren Herrn ..."
„Meinst du mich? Ich dachte, du wolltest noch schön mit mir essen gehen?"
„Scherzbold."
„OK. Ich mach mich jetzt auf den Weg und hol dich ab."
„Nicht nötig. Ich komme zu Fuß hin."
„Gut. Ich erwarte dich in der Villa."

Kron machte sich sogleich auf den Weg. Auf dem Parkplatz beim alten Kreishaus stellte er sein Fahrrad ab und ging die letzten Meter zu Fuß. Es war zehn Minuten vor sieben, als er das Restaurant betrat.

„Buon giorno!" Giuseppe schaute bedauernd auf die Uhr.

„Ich weiß, ich weiß."

„Eine Stunde lang Grappas trinken?"

„Auch nicht schlecht. Wäre mal was anderes."

„Aber im Augenblick, wie ich sagte, alles reserviert."

„Weiß ich doch. Plan geändert. Wann wird der Sechsertisch da drüben belegt?"

„19.00 Uhr. Er schaute auf die Uhr. In zehn Minuten."

„Und der da?"

„Halbe Stunde. Sechs Personen. Tut mir leid. Ich sagte ja..."

„Sehr gut. Passt bestens. Wenn sie kommt, sagst du, dass da nur vier Personen sitzen werden und bietest uns die beiden frei bleibenden Plätze an. Das lehnen wir dann natürlich ab, trinken einen Caipi am Tresen ..."

Giuseppe grinste vertraulich.

„...oder zwei oder drei..."

„Genau. Und gehen wieder. OK?"

Verständnisvolles Macholächeln.

„Verstehe."

28.

„Buona sera, signorina!"

Giuseppe Ferrara eilte dienstbeflissen zur Begrüßung an die Tür.

Kron drehte sich um. Da stand sie. Verheißungsvolles Erbstück. Er würde es in Ehren halten. Nur noch ein

paar Minuten bis zur Testamentseröffnung. Ihm war klar, was darin stehen würde.
Der liebenswürdige Italiener hatte sich taktvoll zurückgezogen, als Kron auf seine Beute zuging.
„Oh, welch ein Duft! ‚Poison'!", begrüßte er sie.
„Weiches ‚S' bitte, sonst..."
„.. röche es sonst ein wenig anders."
Lächelnd rezitierte er, als ob er es vom Parfumflacon abläse:
„ ‚Pure Poison Femme, Christian Dior'. - ‚Blondes Gift', könnte man sagen."
„Blond?"
„Jedenfalls bei dir. Aber du hast mich auf eine Idee gebracht: Sprechen wir von ‚Poisson'. Auf der Tafel werden frische Doraden in Aussicht gestellt."
Giuseppe kam auf die beiden zu und sagte das verabredete Sprüchlein auf:
„Sono desolato, signorina. Tut mir leid. E tutto riservato. . Ma…"
Er führte sie an den Tresen, verschwand für einen winzigen Moment, und kam mit zwei Caipirinha zurück.
„Prego! A conto de la casa!"
Alles lief nach Plan.

Kron hatte sich von Giuseppe zwei Flaschen Nero d'Avola mitgeben lassen und, bei Silvie angekommen, bestellten sie sich telefonisch eine große und eine kleine Pizza.
Der sizilianische Rote tat gut. Vor, während und erst recht nach der Pizza.
Kron war nicht auf ein schnelles Liebesabenteuer aus. Das hatte Zeit. Erst die Arbeit, dann das Spiel. Erst musste er herauskriegen, was sie wusste. Aber wie, ohne sich zu verraten?
Offenbar war sie darauf vorbereitet, dass er auf ein charmantes Abenteuer aus war. Fand das wohl auch OK.

Und wenn ihn nicht alles täuschte, wollte sie es sogar so. Da konnte er sie unmöglich als erstes nach ihrem letzten Lover ausfragen, und wenn es tausendmal sein Onkel Joachim gewesen war.

Hilfesuchend schaute er sich um. Auf dem Fernseher entdeckte er Fotos, die sie dort aufgestellt hatte.

„Darf ich?", fragte er und ging näher heran.

Offenbar waren es Familienfotos. Mit einer Ausnahme.

„Ich werde ihn wohl kaum ersetzen können", sagte er leise, aber doch so, dass sie es hören musste, als er Joachim Hansens Bild in die Hand nahm.

Er setzte sich wieder auf die Couch und betrachtete das Foto. Silvie kam zu ihm.

„Ein schönes Bild", sagte er.

„Das einzige, das ich von ihm habe. Er wollte sich nicht fotografieren lassen."

„Schüchtern oder eitel?"

„Er stand nicht gern im Mittelpunkt."

„Kanntest du ihn gut? Ich meine, hat er von sich erzählt, von seiner Familie, von Adelheid, von den Büchern, mit denen er mehr verheiratet schien als mit ihr? Oder vielleicht auch von mir?"

„Von allem ein wenig. Aber nur selten."

„Auch von mir? Erzähl!"

„Lieber nicht."

„War es so schlimm?"

„Aus seiner Sicht vielleicht. Er war, wie soll ich sagen, im Grunde ein sehr konservativer Mensch. Trotz seiner Verführbarkeit. Vielleicht war er eifersüchtig auf dich. Ich hatte ihm gesagt, dass ich dich für einen Lebenskünstler halte."

„Das klingt gut. Und Adelheid?"

„Tabu."

„Und seine Bücher? Er zitierte doch so gern. Fast wie der arme Antiquar. Goethe vor allem. Ich weiß gar nicht, was er an dem hatte."

„Ja, in manchen Dingen war er sehr konservativ."
„Hast du mal Goethes ‚*Clavigo*' gelesen oder gesehen? Gab es gerade mal wieder im Schauspielhaus. Eine schlimme Aufführung. Ich sehe immer noch, wie so ein dicklicher Schauspieler die ganze Zeit mit offenem Hemd nabelfrei auf der Bühne rumrannte und seinen fetten Bauch präsentierte. Schrecklich. Aber an Goethe hatte der gute Onkel nun mal einen Narren gefressen. Hat er nie davon erzählt?"
„Wenig."
„Nicht von den wertvollen Büchern, die wir auf dem Speicher gefunden haben?"
„Das hat er mal erwähnt. Sagte ich das nicht schon am Telefon? Aber nicht speziell von Goethe. Im Zusammenhang mit dir hatte er davon gesprochen. Es war wohl ein gemeinsamer Sport von euch. Wusste deine Tante eigentlich davon?"
„Er war nicht so dumm, ihr davon zu erzählen."
„Aber es waren doch eigentlich ihre Bücher. Oder?"
Kron nahm noch einmal das Bild des Onkels in die Hand und betrachtete es.
„Behalt ihn lieber als ‚konservativ', wie du es nanntest, in Erinnerung. Irgendwo war er es ja auch."
Kron legte das Foto auf den Tisch.
„Aber er war sehr, sehr nett. Mehr guter Freund als Onkel."
Kron stand auf und stellte das Bild wieder an seinen Platz. Die Arbeit war getan. Gut gelaufen. Keine Gefahr von dieser Seite. Er war erleichtert.
„Ohne ihn säßen wir jetzt nicht hier", ließ Kron wie beiläufig fallen, als er sich wieder setzte.
„Klingt, als wärest du ihm dankbar."
„Du nicht?"
Silvie schaute zu ihm hinüber:
„Ich glaube, ich bin etwas betrunken."

Sie setze sich zu Kron auf das Sofa, lehnte sich an ihn an und ließ es sich gefallen, dass er seinen Arm um sie legte."
„Soll ich denn dann nicht lieber gehen?", flüsterte er ihr ins Ohr.
Sie drehte ihren Kopf zu ihm und schaute ihm lachend in die Augen.
„Im Gegenteil, wo ich nun einmal so schön beschwipst bin!"
„Ich möchte keinen One-Night-Stand. Nicht mit dir. Möchte mehr. Wäre schade, wenn es nur das Eine wäre."
Er machte Anstalten, aufzustehen, ließ sich aber gern zurückhalten.
„Dusche oder Poison?"
„Vergifte mich!"
„Ihr seid doch alle gleich!"

29.

Ohne Bedenken steckte Ludwig den Schlüssel ins Schloss. Mit einem leisen „Klick" öffnete sich die Tür zu dem Hause seiner Tante. Er war allein. Adelheid war einer Einladung gefolgt und er hatte Zeit genug sich umzusehen, auch wenn er noch nicht wusste, wonach er eigentlich suchen sollte. Sein untrügliches Gefühl sagte ihm, irgendetwas stimmte hier nicht. Adelheid benahm sich merkwürdig, als wenn sie etwas vor ihm verheimlichen würde. Wie sie ihm bei seinem letzten Besuch den Zutritt zu ihrem Salon versperrt hatte, ging ihm einfach nicht mehr aus dem Kopf.
Was hatte sie zu verbergen? Oder war sie vielleicht fündig geworden? Gab es dort etwas, wonach er schon lange suchte? Vor seinem Auge tauchte die Bücherwand

auf, die sich in diesen Raum befand. Er betrat den Flur und ging auf dem direkten Weg zu dem Zimmer. Trotz seines schwerfälligen Ganges waren seine Schritte kaum hörbar. Er öffnete forsch die Tür und stieß auf einen Widerstand. Vor seinen Füßen schlug das Jagdgewehr hart auf die Eichedielen des Holzfußbodens auf. Ludwig erkannte es. Der kleine Kratzer am Ende des Griffs, für Unwissende kaum erkennbar, stach ihm sofort in die Augen. Wie oft hatte Joachim ihm davon erzählt. Der kleine Schnitzer, den er aus Versehen mit seinem Jagdmesser an dem nagelneuen Gewehr hinterlassen hatte. Wie eine Art Trophäe erinnerte er ihn an seine zuallererst erlegte Wildsau.
Und genau das lag nun vor ihm! Ludwig blickte auf. Adelheid stand vor ihm, zu einer Statue erstarrt. Ihr Blick glich dem eines Tieres, das in einer Falle saß. Unvermittelt warf sie den Lappen und die Bürste zur Seite, womit sie das Gewehr hatte reinigen wollen, und klammerte sich an das Revers von seinem Jackett. Unterwürfig wie ein Hund, dem Schläge drohten, sah sie ihn an und sagte leise:
„Ludwig, bitte! Ich konnte nicht anders. Es musste sein..."
Ludwig war fassungslos. Wie unter Schock sah er auf die Frau, die ihm auf einmal so fremd war.
Adelheid verstärkte ihren Griff und zog Ludwig nach vorne. Sein Gesicht kam ihrem gefährlich nahe.
Plötzlich verdunkelte sich ihr Blick. Sie starrte ihm direkt in die Augen und zog den Stoff seiner Jacke noch fester zusammen. Ihm wurde übel und er rang nach Luft. Der Schweiß brach ihm aus.
Kleine glitzernde Tropfen bildeten sich auf seiner rot gefärbten, fettigen Stirn. Die Kraft, die diese eher zierliche Frau aufbrachte, machte ihm Angst.

Seine Gedanken überschlugen sich. Er hörte ihr kaum zu, als sie ihm mit der Stimme, die auf ihn bedrohlich wirkte, ins Gesicht hauchte:
„Er hatte es verdient!"
Sie ließ ihn los, und Ludwig wich zurück. Unfähig, auch nur ein Wort zu sagen. Adelheids Gesichtszüge entspannten sich, und mit einem fast schon freundlichen Lächeln sprach sie weiter.
„Ich denke, wir verstehen uns, und ich kann mich auf dich verlassen. Es soll auch dein Schaden nicht sein. Wenn du Geld brauchst..., oder bist du eher an etwas Besonderem interessiert, das mir zufällig in die Hände gefallen ist. Du kannst es dir ja in Ruhe überlegen."
Ungläubig nickte er. Adelheit hob unterdessen das Gewehr auf, nahm es in die Hand und drehte langsam den Lauf auf ihn zu. Ludwig schluckte merklich. Dann ging alles sehr schnell. Er sprang nach vorne, riss ihr die Waffe aus der Hand und flüchtete keuchend aus dem Haus.

30.
„Ludwig Kron, was ist nur aus dir geworden?"
Ludwig konnte seine eigene Frage nicht beantworten. Auf dem Weg in seine Wohnung im großen Haus am See in Eiderstede, in das er vor fast zwei Jahren mit seiner Frau eingezogen war, überdachte er seine total miserable dienstliche und private Situation.

'Kompetent, durchsetzungsstark, verschwiegen, loyal' Mit diesen schlagkräftigen Worten hatte er den letzten Landtagswahlkampf für sich entschieden. Und nun familiär entwurzelt und finanziell am Ende. Alles schien hoffnungslos.

Ludwig, ihr liebster Neffe, sollte einmal ihr Erbe antreten. Das hatte sie immer angedeutet, wenn sich die Familie traf. Dass jedoch Adelheid noch einmal die große Liebe fand und dazu noch heiratete, war ihm nie recht gewesen. Nun konnte er es nutzen, dass Adelheid ihren Mann auf dem Gewissen hat. Er brauchte Geld, und zwar sofort. Seine Situation fand Ludwig unerträglich. Seine Frau würde nach der Scheidung ausziehen, die teure gemeinsame Wohnung konnte er allein nicht mehr halten. Silvie begehrte er, aber er wusste nicht, womit und wie er sie gewinnen könnte.
Ludwig betrat die Wohnung, warf sich in seinen Lederohrensessel, das erste Möbelstück zur Einrichtung seiner Studentenbude. Das Wohnzimmer war ungemütlich geworden. Gerda hatte vieles ausgeräumt. Nach einem Nickerchen bestieg er die warme Badewanne und überlegte sich eine mögliche Lösung seiner finanziellen Misere. Adelheid war die Person, von der er Vermögen erwarten konnte. Sie war seine Rettung.
Zuviel war in den letzten Wochen geschehen. Raub, Fälschung, Mord, Unfälle! Um sich davon zu distanzieren, benötigte Ludwig eine volle Brieftasche. Vor allen Dingen die Polizei durfte nicht den Eindruck gewinnen, dass er aus Geldsorgen an diesen Taten beteiligt war.

Er hatte nach dem erholsamen Bad seinen Jogginganzug angezogen und griff zum Telefon.
„Tante Adelheid, hier Ludwig, ich möchte dir einen Vorschlag machen. Gerda ist ausgezogen, bitte lass uns reden. Hast du Lust auf einen kleinen Ausflug nach Kiel? Ich möchte dir endlich zeigen, wo mein politischer Arbeitsplatz ist. Wir könnten dort in der Nähe in einem herrlichen Lokal zu Mittag essen. Das hattest du dir doch immer gewünscht. Was meinst du, ich hole dich in gut einer Stunde ab. Später reden wir in meiner schönen

Seewohnung, die du auch noch nicht gesehen hast. Hier werden wir nicht gestört." Es ging ihr zwar gesundheitlich nicht gut, aber sie freute sich auf den Ausflug, eine angenehme Abwechslung in ihrem Alltag. Sie wurde mit den furchtbaren Geschehnissen allein nicht fertig und musste darüber sprechen. Aber was führte Ludwig im Schilde? Er würde wieder einmal Geld fordern, das war für sie klar. Sie sagte zu.
Gleich drei ihrer Schmerztabletten nahm sie kurz nacheinander ein. Die Schmerzen ließen nach, ihr Herz jedoch fing an zu rasen.

Ludwig fuhr in einem Kieler Taxi vor. Der Taxifahrer, ein junger afghanischer Student, sei stets für ihn da, auch bei seinen vielen Dienstfahrten, erklärte er seiner Tante. Er half Adelheid auf den Rücksitz des Taxis und setzte sich neben sie. Ludwig klickte ihren Gurt ein und zeigte sich überaus nett und höflich. Sie sprachen während der Fahrt nur über das Wetter, denn es schüttete und schüttete bereits seit Tagen.

Im Louf angekommen, half Ludwig Adelheid an den vorbestellten gemütlichen Tisch direkt am Fenster zur Uferpromenade.

„Adelheid, was meinst du, wann soll ich das Taxi wieder bestellen? Es kann uns direkt vor dem Eingangsbereich des Landeshauses abholen. Ich möchte dir so gern den neuen gläsernen Plenarsaal von innen zeigen. Er ist es wert. Man sagt, er sei architektonisch einer der schönsten in ganz Deutschland."

„Das wäre toll. Ich hätte dir dazu gerne ein paar Fragen gestellt. Ich denke, in gut einenhalb Stunden, können wir das schaffen?"

MdL Kron bat den Taxifahrer, beide um 14.45 Uhr vor dem Landeshaus abzuholen.

Adelheid genoss die herrliche Aussicht auf den Kieler Hafen und zeigte begeistert auf die Color Magica, die gerade Kiel Richtung Oslo verließ. Sie bestellten zu einem Glas Grauburgunder einen Fischauflauf mit buntem Salat. Nach einem Grappa als Verdauungsschnaps verließen beide gut gelaunt das schöne Lokal. Ludwig hatte seine Tante auf dem kurzen Fußweg zum Landtagsgebäude fröhlich untergehakt.

„Im Plenarsaal werde ich auf alles, was dich interessiert, antworten."

Ludwig begann schon auf den Gängen zum Plenarsaal mit seiner individuellen Führung:

„Das Landeshaus wurde ursprünglich als Kaiserliche Marine-Akademie 1888 erbaut. Im zweiten Weltkrieg erlitt es starke Zerstörungen, erst 1950 konnte man wieder darin tagen. 1999 begann man mit dem Bau des Plenarsaales zur Wasserseite auf den bisherigen Terrassen. 2003 dann die Fertigstellung.

Adelheid, wir sind da, bitte, setz dich auf einen dieser gemütlichen Abgeordnetensessel und schau dich um."

„So schön hatte ich es mir nicht vorgestellt. Ganz ehrlich, ich bin stolz auf dich, dass du es so weit geschafft hast. Wo sitzt du?"

„Da in der zweiten Reihe rechts, der zweite Sessel. Wir sind zurzeit 69 Abgeordnete, davon 22 weibliche. Das Durchschnittsalter beträgt 48 Jahre. Die jüngsten gehören zur Piratenpartei. Sieh nach oben! Dort ist die Zuschauertribüne für 70 Zuhörer."

„Wie beginnt eigentlich die erste Sitzung eines neu gewählten Landtages? Gibt es eine Eidesformel?"

„Natürlich, die kannst du nachlesen in den Besucherveröffentlichungen zur 18. Wahlperiode 2012 – 2017. Es gibt auch einen ausführlichen plattdeutschen Flyer dazu. Die Eidesformel hört sich dann so an:

„*Ik swöör, mien Pflichten as Afordenten akkerat to doon, de Verfaten und Gesetten to wohren und dat Land to denen, ahn mie köpen to laten un ahn egenmüttig to wesen, dor hölp mi Gott.*"
Beide lachten.

Übrigens, guck auf den Hafen, und du entdeckst an der Promenade direkt vor dem Plenarsaal eine zwei Meter hohe weiße Steinsäule mit einer Leuchte, ähnlich wie bei einem Leuchtturm, angepasst an den Hafen. Man nennt sie Arbeitsleuchte. Sie leuchtet nur, wenn die Abgeordneten hier in diesem Plenarsaal tagen. Das ist etwas ganz Besonderes.

Hier, links vom Saal aus, steht das sogenannte Haus B, eine alte in die Jahre gekommene Villa, die heute aber sehr schön umgebaut als Tagungsort für den Ältestenrat und das Kabinett dient. Dort werden auch besondere Ereignisse, wie zum Beispiel der 70. Geburtstag von Heide Simonis, gefeiert."

„Ludwig, danke, bitte nimm alle Informationsbroschüren für Besucher für mich mit. Ich würde gern noch einiges nachlesen zu Hause. Eine persönliche Frage hätte ich noch an dich: Die Diäten, so nennt man doch eure Entlohnung, wie hoch ist der Betrag?"

„Ich meine er liegt in etwa bei 7.000 € monatlich, für die Altersversorgung gibt es noch 1.500 € extra. Aber meine regelmäßigen Verpflichtungen fressen einen großen Teil davon auf!"
Adelheid dachte sich ihr Teil. Ludwig müsste es doch finanziell richtig gut gehen.

Das Taxi erschien pünktlich und fuhr beide zurück nach Bordesholm.
„Danke, dass du mir alles gezeigt hast. Aber jetzt möchte ich mit dir darüber reden, was du vor hast."

Adelheid schien nervös, als sie Ludwigs Wohnung mit dem herrlichen Seeblick betraten. Die Wohnung gefiel ihr. Sie bedauerte, dass er sie wahrscheinlich würde aufgeben müssen.
„Ich koche uns einen starken Kaffee, dann können wir reden. Ich will, dass du meinen Vorschlag annimmst, den ich für uns beide gut fände."
„Sie hat keine andere Wahl", dachte er für sich. „Ich weiß zu viel von ihr."
„Ludwig, wenn du meinst, dass ich dir mein Vermögen übertrage, jetzt, wo all das geschehen ist, dann hast du dich getäuscht. Ich besitze außer meinem Haus nichts mehr. Ich muss es vielleicht verkaufen, aber wer kauft schon ein Haus, in dem ein Mord passiert ist? Also, was willst du?"
„Das Haus wird dir kein Glück mehr bringen. Ziehe um, und zwar hierher in meine Wohnung. Ich kann sie ohnehin nicht mehr halten. Überschreibe mir deine Immobilie jetzt sofort, und du erhältst einen Teil davon. Du wirst es aus eigener Kraft nicht schaffen."
Adelheid schrie: „Niemals! Ich habe genug von dir. Bring mich sofort zurück. Du hast mir so viel Leid zugefügt. Ohne dich würde niemals jemand erfahren, dass ich zur Mörderin geworden bin."
Ludwig lachte höhnisch und gab ihr zu verstehen, dass sie diese Entscheidung noch bitter bereuen würde.
„Schade, schade Tantchen, es hätte so ein schöner Tag werden können, aber dieses Ende zerstört alles."
Ludwig erfuhr von dem Hausmädchen, dass Adelheid noch in der Nacht nach ihrem Ausflug mit schwerem Herzinfarkt in die Klinik Neumünster eingeliefert und am Morgen darauf verstorben war.

31.

Das Tretboot fuhr langsam am Eiersteder Ufer des Bordesholmer Sees entlang. Jetzt, umrahmt von schönen Häusern mit Seeblick, war die Aufregung über das „Baumonster", wie es bei seiner Entstehung genannt wurde, kaum mehr zu verstehen.
„Darin eine Wohnung. Mit Blick über den See. Das wäre doch schön." Die junge Frau lehnte den Kopf an die Schulter ihres Freundes, dem sie das Treten überließ. „Ja, ja", murmelte er. Die Nestbauabsichten seiner Freundin nervten ihn. Zu so etwas war doch noch viel Zeit. Er blickte auf die Uhr.
„In fünf Minuten müssen wir das Boot wieder abgeben. Also Kurs Heimat." Der Heimathafen des Tretbootes war der Kiosk am See. Seit Thomas Schnack die „Seeterrassen" übernommen hatte, gab es zahlreiche positive Veränderungen. Eine Neuerung war der Tretbootverleih.

Klaus Manzke wendete das Tretboot weg von der kleinen Badestelle vor dem Großen Haus am See. Die beiden Passagiere blinzelten jetzt in die vom See reflektierten Strahlen der Abendsonne. Da schrie die junge Frau auf:
„Halt. Klaus. Da ist etwas. Auf dem Grund des Sees Metall oder so. Ich habe es blinken sehen."
Klaus Manzke fuhr ein Stück zurück und dann kreuz und quer über die von seiner Freundin bestimmte Stelle. Obwohl beide konzentriert schauten, konnten sie nichts Auffälliges entdecken.
„Hast du dich auch nicht getäuscht, Lea? Die Sonne spiegelt sich im See", wollte Klaus ihr eine Brücke bauen.
„Nein, nein . Die Sonne wurde ja gerade reflektiert von dem Metall. Wie ein Kasten! Ja, eine Kiste aus Metall."

Intensiv suchten die jungen Menschen die Wasseroberfläche mit ihren Blicken zu durchdringen. Als Klaus die Suche bereits achselzuckend abbrechen wollte, rief Lea: „Stopp! Da! Siehst du nicht?" und zeigte mit dem Finger auf eine Stelle an der Wasseroberfläche. Jetzt nahm auch Klaus den schwachen Widerschein des Sonnenlichts wahr. Entschlossen kleidete der junge Mann sich bis auf die Boxer-Shorts aus. Lea sah ihn zweifelnd an.
„Sonst finden wir die Stelle nie wieder!", sagte er und ließ sich in das kalte Wasser gleiten.
„Zeig mir die Stelle, bitte schnell!" Klaus spürte an den Füßen den schlammigen Boden des Sees. Das Wasser reichte ihm bis zur Brust. Hastig tastete er mit den Füßen den Seegrund ab.
Inzwischen waren einige Spaziergänger am Ufer stehen geblieben und sahen dem Schauspiel interessiert zu.
„Was ist passiert? Können wir helfen?" rief jemand herüber.
„Nein, uns ist etwas aus dem Boot gefallen. Alles klar!" antwortete Lea geistesgegenwärtig. Die Leute waren zufrieden und setzten ihren Spaziergang fort.
„Aua, das ist es!" rief Klaus, der mit dem rechten Zeh den Gegenstand getroffen hatte. Mutig tauchte er hinab. Bereits beim ersten Mal gelang es ihm, den Kasten zu ergreifen und ihn auf das Tretboot zu werfen. Lea half ihm zurück auf das Boot. Klaus bibberte vor Kälte. Mit dem T-Shirt trocknete ihn Lea ab. Dann warf sich Klaus seine Jacke über.
Neugierig betrachteten beide ihren Fund.
„Sieht aus wie eine Geldkassette", sagte Klaus.
„Ja. Ob da auch Geld drin ist?"
„Das kriegen wir raus. Aber nicht hier. Zu Hause, mit Werkzeug", stieß Klaus stoßweise hervor.
Die beiden traten das Boot, so schnell sie konnten, um zu den Seeterrassen zu kommen. Die Anlegestelle für die Tretboote ist hinter dem Kiosk. Sie banden das Boot an,

verbargen die Kassette unter dem nassen T-Shirt. Klaus schlüpfte in seine Hose, und dann hastete das Paar zu ihrem Auto.

Die Überraschung war groß, als statt der erwarteten Geldscheine einige Bogen in altertümlicher Schrift bedruckten Papieres in der Kassette zum Vorschein kamen.
„Wie lange das wohl schon im See liegt?" fragte Lea.
Klaus, der einen Brief vom Boden der Kassette fummelte, sagte:
„So lange noch nicht. Der Brief hier ist vom 7. April. An einen Kieler Buchladen gerichtet."
„Du, ganz geheuer ist mir die Sache nicht. Und wert ist das alte Geschreibsel wohl auch nichts. Geben wir es dem Heimatverein."
Klaus, der den Brief überflogen hatte, antwortete:
„Nein, lieber der Polizei."

32.

„Dank Ihrer Ermittlungen verfügen wir zwar über viele neue und zum Teil überraschende Erkenntnisse, aber in der Lösung der Mordfälle sind wir nicht viel weiter gekommen. Seifert, würden Sie beginnen?"
„Ich habe noch einmal das Antiquariat Eschenburg untersucht und mit Frau Eschenburg gesprochen. Eigenartig für einen Raubmord: Dem Opfer wird eine Kassette gestohlen. Die Witwe bestätigt, dass ihr Mann in der Kassette kein Geld aufbewahrte und auch sonst weiter nichts angerührt wurde. Es fehlt kein Geld, kein Computer, rein gar nichts. Einziges Ziel des Überfalls scheint diese Kassette gewesen zu sein. Und dann findet man die gestohlene Kassette im Bordesholmer See.

Achtlos weggeworfen. Allem Anschein nach sogar ungeöffnet. Das Schloss unverletzt. Keine Anzeichen von gewaltsamen Versuchen, sie zu öffnen. In der Kassette einige Seiten altertümlich bedrucktes Papier. Es handelt sich höchstwahrscheinlich um das angebliche Goethemanuskript, das der Landtagsabgeordnete Kron dem Antiquar übergeben hatte und das dieser dem Kulturverein von Bordesholm vorgestellt hatte. Es liegt zurzeit zusammen mit der Kassette bei der Spurensicherung."

„Achtlos, meinen Sie?", gab Bielfeld zu bedenken. „Wer so etwas in den See wirft, möchte es entweder schnell verschwinden lassen oder er wird verfolgt und will verhindern, dass der betreffende Gegenstand bei ihm gefunden wird."

„Beides legt den Verdacht nahe, dass es sich bei der betreffenden Person um den mutmaßlichen Mörder des Antiquars handelt."

„Oder die Person hat den Gegenstand von einem Boot aus verloren."

Plötzlich redeten alle durch einander.

„Wer käme aus dem Umfeld von Eschenburg in Frage?"

„Der Täter müsste gewaltiges Interesse an dem Manuskript haben."

„Es gibt nur eine Hand voll Leute, die überhaupt von dem Manuskript wussten: In erster Linie Kron und Hansen."

„Letzterer scheidet ja wohl aus, da er offenkundig tot ist."

„Oder ein Mitglied des Kulturvereins, das sich den Braten selbst unter den Nagel reißen wollte."

„Und, als gleichermaßen Vertraute von Joachim Hansen und Kron, deren intime Freundinnen Paula Borkowski – musste sie am Ende deshalb sterben? – und Silvie Heyerdahl."

„Und die Witwe, die behauptet, sie wisse von nichts."

„Oder vielleicht ein Experte, um dessen Urteil der Antiquar gebeten haben könnte."
„Dann ist da immer noch dieser Privatdetektiv Fuchs. Schließlich war er bei der Ermordung von Hansen in der Nähe des Tatortes. Irgendwie muss er ja auch dazugehören. Was wusste er alles?"
„Vielleicht sind wir viel zu sehr auf Goethe fixiert. Wer sagt denn, dass nicht am Ende irgendein Einbrecher den Antiquar auf dem Gewissen hat, der ihn von der Straße beobachtet hat, als er die Kassette in der Hand hatte, und natürlich vermutete er Geld darin."
Es entstand eine Pause.
„Andere Möglichkeiten fallen mir im Augenblick auch nicht ein", schloss Bielfeld das Brainstorming ab.
„Herr Seifert, nehmen Sie sich den Detektiv noch einmal vor."
„Gut, mach ich."
„Und Frau Friedberg, besuchen Sie noch einmal diese Silvie Heyerdahl? Aber nicht sofort. Ich erwarte morgen Kron bei mir im Büro. Vielleicht können Sie es einrichten, dabei zu sein? Wäre ganz gut, über Kron auf dem neuesten Stand zu sein, bevor Sie noch einmal seine Freundin befragen."
„Frau Miller könnte beim Bordesholmer Kulturverein eine Liste der Personen beschaffen, die von dem Manuskript wussten."

33.

„Du meinst, es könnte wirklich echt sein?" Bielfeld war erstaunt.
„Nur ein erster Eindruck. Der Druck ist perfekt. Echt oder gute Profifälschung. Das Papier ist eher problematisch. Aber in so aufgeweichtem Zustand… Da kann ich

nichts Endgültiges zu sagen. Hat auch die Zeit nicht gereicht. Brauchst du was schriftlich?""
„Nein, nur nichts schriftlich im Augenblick. Und kein Wort zu niemandem."
„OK."
„Ein offizielles Gutachten kann ich dir unmöglich in Auftrag geben. Da muss ich jemanden aus Kiel nehmen. Einen renommierten Sachverständigen. Am besten ein Institut. Jedenfalls keinen Nachbarn."
„Verstehe."
„Aber du hast mir sehr geholfen."
„Hatte ja auch einiges gut zu machen."
„War doch nicht der Rede wert, damals. Hättest du genau so gemacht, so unter Wattenbekern. Jeder hilft, so gut er kann. Aber hiervon ebenso wenig an Dritte wie damals. Hab dich ja auch nicht bezahlt."
„OK. Ich ja auch nicht, damals."
„Wär ja auch noch schöner!"
„Wer ist deiner Meinung nach denn die renommierteste Instanz für eine seriöse Begutachtung?"
„Wende dich an die Uni. Das klingt immer vertrauenerweckend. Ich glaube, es gibt da ein Institut für Graphologie und Kriminalistik oder so ähnlich. Die helfen dir bestimmt weiter."
„Guter Tipp. Danke."

34.

Trotz der tristen, niederdrückenden Umgebung des Polizeipräsidiums wirkte Kron aufgeräumt wie gewohnt.
„Na, haben Sie das Protokoll unserer gestrigen Unterhaltung schon fertig? Dann brauche ich ja nur zu unterschreiben und kann mich wieder meiner demokratischen Berufung widmen."

„Hier ist es. Bitte lesen Sie es noch einmal durch."
Kron las den Text und unterschrieb. Dann stand er auf und wollte sich verabschieden.
„Einen Augenblick bitte noch", hielt ihn Bielfeld zurück. „Frau Friedberg und ich haben noch ein paar Fragen." Kron setzte sich wieder, während Bielfeld Frau Friedberg hereinbat.
„Ich ahnte, dass so etwas kommen würde", murmelte er vor sich hin.
„Bitte helfen Sie uns", begann Bielfeld. „Können Sie beweisen, dass nicht Sie, sondern der Antiquar dem polnischen Mädchen zum tödlichen Sturz die Treppe hinunter verholfen hat?"
„Das Beweisstück – der Stuhl, mit dem sie getroffen wurde und an dem neben ihrem Blut mit Sicherheit Fingerabdrücke oder andere Spuren von Eschenburg zu finden sein werden, habe ich soeben in der polizeilichen Spurensicherung abgeliefert, bevor ich zu Ihnen kam. Zusammen übrigens mit dem Gewehr, durch das mein Onkel hingerichtet worden ist. Es fehlte im Waffenschrank meiner Tante. Ich habe es selbst gefunden und sichergestellt. Sie hat mir kurz vor ihrem Tod den Mord gestanden."
„Und warum erfahren wir das erst jetzt?"
Kron zuckte mit den Achseln.
„Wie Sie wissen", begann Bielfeld wieder, „untersuchen wir drei Verbrechen in Ihrer Umgebung, und da hoffen wir auf Ihre Mithilfe bei der Aufklärung."
„Sie sehen mich an, als denken Sie eher an eine Mittäterschaft. Hab ich recht?"
Kron grinste dreist.
„Aber Herr Kron. Sie haben doch Alibis. Da kommen Sie doch wohl kaum in Frage. Und dann als Abgeordneter, ich bitte Sie", schmeichelte Bielfeld ironisch.
Da mischte sich Friedberg ein.

„Ich sehe es wie Sie, Herr Kron. Erst sollten wir eine Vertrauensbasis schaffen, damit Sie in Augenhöhe mit uns reden können. Lassen Sie mich zusammenfassen, was ich über Sie weiß: Für die Tatzeit der Morde an Hansen und Eschenburg haben Sie Alibis. Und im Falle Paula sind Sie Zeuge. Kronzeuge sozusagen, wenn ich mir das Wortspiel erlauben darf."
„Ich möchte gern an ein Wortspiel glauben. Klingt aber eher wie eine Verdächtigung. Ein Kronzeuge sagt schließlich aus, weil er ..."
„Entschuldigen Sie. Stimmt. War aber nicht so gemeint. Nehme ich zurück."
Die Tür öffnete sich, und ein Polizeibeamter reichte Bielfeld ein Schriftstück. Der las kurz die Mitteilung und verkündete dann:
„Schön. Wir haben jetzt den Beweis für Ihre Aussage im Falle des Treppensturzes".
Bielfeld deutete auf das Papier in seiner Hand.
„Die Spurensicherung hat Ihre Angaben bestätigt. Fingerabdrücke des Antiquars und Blutspuren des Hausmädchens am Stuhlbein."
„Sehr beruhigend."
„Ihr Alibi für den Mord an Ihrem Onkel ist ebenfalls gesichert", fuhr Bielfeld fort. Wir haben es ja bereits im Protokoll festgehalten. Und das Alibi für den Goethemord – Sie verzeihen diese Bezeichnung, sie stammt aus der Presse und ist so schön griffig – werden wir überprüfen. Ich habe keinen Zweifel, dass es sich ebenso bestätigen wird wie Ihre übrigen Aussagen."
„Davon gehe ich aus", bestätigte Kron und nickte befriedigt mit dem Kopf. Sein Grinsen hatte sich in ein freundschaftliches Schmunzeln verwandelt.
Bielfeld machte eine Pause. Kron schwieg zufrieden.
Doch Friedberg hakte noch einmal ein:
„Das erste Alibi ist wasserdicht. Hansens Ermordung ist also in Ihrer Abwesenheit geschehen. Für den Todesfall

der bedauernswerten Paula Borkowski sind Sie offenbar einziger noch lebender Zeuge und haben dementsprechend natürlich kein Alibi. Für den Mord an dem Antiquar, immerhin dem einzigen außer Ihnen, der das damalige Geschehnis miterlebt hat, ist das Alibi allerdings lückenhaft."

„Lückenhaft?"

„Wer kann bezeugen, dass Sie in der Theateraufführung waren?"

„Ich hatte die Karten von einem Parteikollegen des Kulturausschusses bekommen, und wir waren gemeinsam in der Vorstellung."

„Bis zuletzt?"

Kron zögerte.

„In der Pause haben wir noch eine Brezel gegessen und ein Glas Wein getrunken. Dann habe ich mich verabschiedet. Das Stück war mir zu deprimierend."

„Und danach?"

„Zu Beginn der Pause habe ich eine Freundin angerufen, ob sie mich abholen könne. Als ich sie kommen sah, habe ich mich verabschiedet."

„Und sind mit ihr nach Bordesholm gefahren und den Rest der Nacht bei ihr geblieben, vermute ich?"

„Genau."

„Wir werden das überprüfen müssen. Und bis dahin behalten wir Sie als dringend tatverdächtig hier im Präsidium."

„Das können Sie nicht. Ich bin Landtagsabgeordneter. Erstens hindern Sie mich an dringenden politischen Aufgaben – ich sprach schon davon. Außerdem schützt mich meine Immunität vor derartigen Willkürakten."

Kron erhob sich, um zu gehen. Niemand hinderte ihn. Das Taxi, mit dem er gekommen war, stand abfahrbereit vor dem Präsidium. Der Fahrer öffnete Kron die Tür, er stieg ein, und der Wagen fuhr davon.

35.

Unmittelbar nach dem Gespräch mit Kron fuhr Friedberg nach Bordesholm. Sie parkte auf dem Parkplatz gegenüber dem alten Kreishaus und ging Richtung Wildhof. Als sie an der alten Linde vorbeikam, sah sie, dass ein Taxi im Parkverbot vor dem Haus stand, in dessen Dachgeschoss Silvie wohnte. Sie zögerte. Kron? Er hatte ja keinen Führerschein. Musste er sein Alibi schnell noch dicht machen vor der polizeilichen Überprüfung, die Bielfeld ihm, aus welchem Grund auch immer, angekündigt hatte?"
Friedberg wollte bei Silvie nicht mit Kron zusammentreffen. Sie zog es vor, mit ihr allein zu reden. Lange musste sie nicht lange warten, bis der Herr Abgeordnete sein Taxi bestieg und davonbrauste.
Silvie Heyerdahl empfing Friedberg geradezu freundschaftlich, aber sie wirkte nervös.
„Ich hatte Sie schon erwartet", begrüßte sie Erika Friedberg im Treppenhaus.
„Sie hatten mich erwartet?"
„Genauer gesagt, Herrn Bielfeld. Der hatte mich seinerzeit befragt, als es um die Ermordung von Joachim Hansen ging."
„Herr Bielfeld ist zurzeit nicht abkömmlich und hat mich gebeten…"
„Kommen Sie doch erst einmal herein. Tee, Kaffee?"
„Ein Glas Wasser, das wäre sehr nett. Bitte frisch aus dem Hahn. Trink ich zu Hause auch immer.

Bordesholmer Wasser
frisch aus der Leitung
so gesund wie die Natur es gab

Außer mit Wasser versorgen wir Sie auch mit Breitband, Strom, Gas und Fernwärme

Versorgungsbetriebe Bordesholm GmbH

„Ich bringe es sofort. Nehmen Sie doch bitte Platz."
Aber Friedberg folgte ihr in die Küche.
„Klar. Es geht um das Alibi von Ludwig Kron", sagte Silvie. „Das musste ja kommen. Wir hatten es nicht anders erwartet. Ist ja grässlich, der Goethemord. Haben Sie schon eine Spur?"
„Viele. Aber ich glaube, nichts Konkretes bisher."
Die beiden jungen Frauen kamen zurück in die Wohnstube und nahmen Platz, als wären sie die besten Freundinnen.
„Ich hab richtig Angst um Ludwig. Was da auf einmal alles in seiner Umgebung passiert! Schrecklich."
„Angst um Herrn Kron?"
„Na ja, drei Todesfälle, und alles Mitwisser des eigentlich doch ziemlich geheimen Goethefundes. Fragt man sich doch unwillkürlich, ‚wann erwischt es ihn?'."
„Wurde er bedroht? Meinen Sie, wir sollten ihn unter Polizeischutz stellen? Müsste er nur sagen."
„Polizeischutz? Ich glaube nicht. Obwohl, vielleicht nicht schlecht. Schließlich ist er Landtagsabgeordneter. Ich werde mit ihm darüber sprechen."
„Aber Sie haben doch schon mit ihm über den Mord in der Holtenauer Straße gesprochen. Sagten Sie nicht eben so etwas?"
„Ja, er war ja dummerweise zur Tatzeit in der Gegend. Genauer, wir beide."
„Sie waren auch im Theater?"
„Nein, ‚Hedda Gabler' hatte ich schon gesehen. Er war mit einem Kollegen dort. Ich hab ihn nur hingefahren, ich selbst war mit einer Freundin im ‚Fritz' verabredet, das ist gleich um die Ecke in der Gutenbergstraße, und ich hab ihn dann wieder abgeholt."
„Wann haben Sie ihn wo abgeholt?"
„Er rief mich in der Pause vom Schauspielhaus aus auf meinem Handy an und bat mich, schon zu kommen, da er sich ‚die zweite Halbzeit', wie er sich ausdrückte,

ersparen wolle. Er könne auch ins ‚Fritz' kommen. Aber ich ging ihm entgegen. Meine Freundin mag ihn irgendwie nicht."
„Wo haben Sie ihn getroffen?"
„Er kam gerade aus dem Eingang des Theaters, als ich dort ankam. Er hatte mich schon von drinnen gesehen."
„Machte er einen besonderen Eindruck? War er nervös, aufgeregt?"
„Ich weiß nicht, wie ein Mörder direkt nach der Tat aussieht, wenn Sie das meinen. Nein, er hatte kein Blut an den Händen und auch nicht an seiner Kleidung. Nervös? Eher genervt. Er regt sich immer so schnell auf. Und das Stück hatte er ‚zum Kotzen depressiv und unglaubwürdig' gefunden. Ja, das waren seine Worte. Depressiv, das stimmt ja. Aber unglaubwürdig, das hatte ich nicht so gesehen. Mir hat die Aufführung damals sehr gut gefallen. Gut, dass ich mit einer Freundin da gewesen bin und nicht mit ihm. Ich war sehr berührt hinterher. Aber es ist vielleicht kein Stück für Männer. Zumindest nicht für solche wie Ludwig Kron."
„Und danach? Noch ein Glas bei Lammers?"
„Nein. Er wollte nach Hause."
„Und dann haben Sie ihn zu seiner Wohnung gefahren?" Sie schüttelten den Kopf.
„ Zum Haus seiner Tante?"
„Nein. Wir waren bei mir. Haben den Wein hier nachgeholt, wo Sie jetzt sitzen, bevor wir zu Bett gegangen sind."
„Indiskrete Frage, aber die Beschreibung war nicht ganz eindeutig. Zu Bett gegangen, heißt das, er ist geblieben oder zu sich nach Hause ins eigene Bett gegangen?"
„Nein, Sie vermuten schon richtig. Er ist hier geblieben. Sie wissen sicher, er lebt in Scheidung, und da…"
„Danke, ich verstehe."

Friedbergs Arbeit war getan. Das Alibi stand. Vielleicht nur eine Absprache zwischen Kron und Silvie. Aber es war in sich schlüssig.

Die beiden plauderten noch ein Weilchen über Bordesholmer Lokalereignisse: den Neubau von Kiel am Bahnhof, das Glasfaserbreitbandnetz, die Demontage des Trimm-Dich-Pfades, die italienische Gastronomie am Lindenplatz ... und sie trennten sich wie alte Freundinnen.

36.

Die Polizei hatte zur Pressekonferenz im Falle des Kieler Antiquars Eschenburg in das neue Bordesholmer Rathaus geladen. Der Amtsdirektor hatte den Kuppelsaal zur Verfügung gestellt.

Die Angelegenheit hatte landesweit Aufmerksamkeit erregt. Bereits um 10.00 Uhr drängten sich die ersten Journalisten. Man erwartete, dass die Polizei die endgültige Aufklärung des Falles verkündete. Doch vergebens: Zum ‚Goethemord' wurde lediglich berichtet, man werde aus ermittlungstechnischen Gründen noch keine Erkenntnisse zum Tathergang preisgeben, aber es habe sich eine heiße Spur ergeben. Zur Entschädigung wurde die Aufklärung des Falles der heimtückischen Hinrichtung von Joachim Hansen durch seine Ehefrau bekanntgegeben und auf Nachfrage der Journalisten die inzwischen bekannten Details zum Tod von Paula Borkowski geliefert.

Als die Aussprache beinahe abgeschlossen schien, meldete sich noch ein neugieriger Journalist zu Worte, der bis dahin keine Fragen gestellt hatte: „Stimmt es, dass ein Landtagsabgeordneter in die Sache verwickelt und mordverdächtig ist?", fragte er.

„Es gab einen Hinweis in die Richtung, an die Sie vielleicht denken. Aber wir haben den Anfangsverdacht sehr schnell aufgeben können, da ein sicheres Alibi vorlag."
„Was hat das Ganze mit dem angeblichen Goethemanuskript zu tun? Ist es verloren gegangen?"
„Zum ersten, wir nehmen an, dass der Täter Geld in der gestohlenen Kassette vermutet hatte und sie deshalb entwendet hat. Zum Zweiten: Das gestohlene Objekt wurde inzwischen sichergestellt. Es wurde durch Zufall im Bordesholmer See gefunden. Es enthielt in der Tat ein altes Manuskript. Vermutlich einen wertvollen Druck."
„Stimmt es, dass es sich um einen bislang unbekannten Goethetext handelt?".
„Dazu können wir im Augenblick keine Aussage machen. Das Dokument lassen wir zurzeit auf Herkunft und Echtheit prüfen."
„Hat die Kieler Polizei dazu geeignete Experten?"
„Hat sie. Aber unsere Leute arbeiten mit der Universität zusammen. Ein gemeinsames Team hat sich in einem zurzeit ungenutzten Raum im Erdgeschoss des Instituts für Kunstgeschichte ein provisorisches Speziallabor zur gemeinsamen Überprüfung eingerichtet."
„Können Sie uns eine Kopie oder ein Foto des Andrucks für unsere Leser und Zuschauer zur Verfügung stellen?"
„Wenden Sie sich an die Kunsthistoriker. Aber ich vermute, man wird Sie abweisen."

Tags darauf erschien ein Bericht mit einem Foto des kunsthistorischen Instituts der Uni in den Kieler Nachrichten. Zwei Fenster des Erdgeschosses waren markiert, die links neben dem kleinen Institutsparkplatz am Westring lagen. Dem Text zufolge sollten sich hinter diesen Fenstern die Räume des kriminologischen Arbeitsteams befinden...

37.

Kron erinnerte sich an das Gebäude. Während seines Studiums hatte er darin einige schöne Feste gefeiert. Fachschaftsfeten und Karnevalsfeste, mit vielen hübschen Germanistinnen, Kunst- und Lehramtsstudentinnen. Da musste man doch rein kommen! Zwei Eingänge, vom Westring und vom Uni-Gelände. Die in der Zeitung abgebildeten Fenster lagen direkt neben dem Parkplatz gegenüber. Wie für ein Fluchtfahrzeug geschaffen!
Aber je länger Kron auf das Zeitungsblatt starrte, desto lauter läuteten Alarmglocken in seinem Kopf. Der Artikel war ja wie eine Einladung. Komm her, hol dir, was du brauchst! Ein grimmiges Lächeln huschte über das Gesicht des Abgeordneten:
„Nicht mit mir, lieber Herr Kommissar Bielfeld, nicht mit mir!" brummte er, faltete die Zeitung zusammen und griff nach dem Adressverzeichnis neben dem Telefon. Das alte Moleskin-Registerbuch hatte er nie bereinigt. So enthielt es Namen, Anschriften, Telefonnummern und Mail-Adressen aus einigen Jahrzehnten. Es dauerte nicht lange, bis Kron gefunden hatte, was er suchte. Er wählte die Nummer auf dem Handy. Jetzt brauchte er Glück: Die Nummer musste noch gültig sein, und sein Ansprechpartner zu Hause. Es läutete. Die Nummer war also noch gültig.
„Ja, bitte."
Die Stimme einer älteren Frau, schätzte Kron.
„Guten Tag. Mein Name ist Kron. Ich hätte gerne Herrn Johannes Gasser gesprochen. Ist das möglich, bitte?"

„Im Moment leider nicht. Mein Sohn ist außer Haus."
„Aber er wohnt bei Ihnen? Wann kommt er denn zurück"
„Weshalb möchten Sie das wissen?"
„Ich bin ein alter Arbeitskollege. Von damals auf der Werft. Möchte ihn gerne wiedersehen."
„Mmh, ja schön. Er wohnt wieder bei mir, seit gut einem Jahr. Aber wann er hier aufschlägt, kann ich Ihnen nicht sagen."
„Können Sie mir seine Handy-Nummer geben?"
„Nein, das hat er mir strikt verboten."
„Also dann geben Sie ihm bitte meine Nummer. Würden Sie ihn dann bitte anrufen und ihm sagen, er möchte mich zurückrufen?"
„Was ist denn plötzlich so eilig an der Sache?" Die Stimme klang abweisend.
„Ich bin nur ein paar Tage in Kiel. Sagen Sie ihm bitte, ich möchte ihn sprechen."
Jetzt fiel Kron auf, dass er sich in eine Sackgasse geredet hatte. Denn die Werft hatte er bestenfalls als Besucher gesehen. Er fügte also rasch hinzu:
„Ich will mit Johannes ein Bier trinken und über alte Zeiten schnacken. Zum Beispiel über den Werkzeugklau-Prozess."
Die Stimme der Dame wurde schneidend:
„Ja. Ich erinnere mich. Sagen Sie mir noch einmal Ihren Namen und Ihre Rufnummer."
Kron diktierte langsam seine Adresse. Dann wurde das Gespräch kurz angebunden abgebrochen.

Jetzt heißt es Geduld haben, abwarten. Morgen würde er zur Wohnung von Johannes Gasser fahren. Vielleicht traf er ihn dort ja an.
Kron hatte Johannes Gasser während seiner Praktikantenzeit bei Rechtsanwalt Stiller kennengelernt. Gasser gehörte zu einer Bande Werksangehöriger, die auf der

Howaldt-Werft geklaut hatten, was nicht niet- und nagelfest war. Er hatte Gespräche mit ihm geführt, die Verteidigungstaktik abgesprochen und war auch mit zum Prozess gefahren, in dem sein Chef den Angeklagten vertrat. Später hatte Kron die kriminelle Laufbahn des Gasser in der Presse verfolgt. Der hatte sich zu einem Einbruchsspezialisten entwickelt. Einmal war er von der Polizei zu Unrecht verdächtigt und brutal behandelt worden. Seine Beschwerde an den Petitionsausschuss des Landtages hatte er, Kron, als Berichterstatter bearbeitet. Man wusste also, was man voneinander zu halten hatte. Und jetzt brauchte Kron einen Einbruchsspezialisten.

38.

Langsam und dennoch mit dem satten Triumph-Sound rollte das Motorrad vom Westring auf den kleinen Parkplatz vor dem Kunsthistorischen Institut. Der Fahrer stieg ab und parkte seine Maschine am Rand der Parkfläche. Er schaltete das Licht aus, ließ den Zündschlüssel aber stecken. In seiner schwarzen Motorradkluft mit dem dunklen Helm war er nicht zu identifizieren. Der Mann öffnete die im Stauraum unter der Sitzbank liegende eckige Handtasche. Dann ging er über den Fußweg auf die Tür des Institutsgebäudes zu. Wie spielerisch drückte er die Türklinke nieder – aber das Tor war wie vermutet verschlossen. Nun bewegte er sich auf die in den Kieler Nachrichten abgebildeten Fenster zu. Er setzte die Tasche ab und entnahm ihr die Teleskopleiter, die er mit einer fließenden Bewegung auf 1,60 Meter auseinanderzog. Der Mann stieg behände auf die Leiter. Mit einer Taschenlampe leuchtete er in den Raum. Ein großer Büroraum mit hohen Wänden und einigen Schreibtischen. Unaufgeräumt sah es aus. Auf

den Arbeitsplatten lagen Papiere und Akten, als sei man plötzlich von der Arbeit weg gerufen worden. Der Taschenlampenstrahl richtete sich auf die Fensterriegel. „Mittelalterlich. Ein Hohn. Geht ohne Glasbruch. Starker Draht genügt", brummte der Mann vor sich hin. Da flammten Scheinwerfer auf.
„Nun kommen Sie da mal runter und nehmen Ihren Helm ab. Wir wollen uns doch in die Augen sehen!" befahl Kommissar Bielfeld und leuchtete mit einer Stabtaschenlampe auf das Gesicht des Mannes, was aber nur zu einer funkelnden Reflexion auf dem dunklen Visier des Helmes führte.
Erika Friedberg und Wilhelm Bielfeld waren sich in ihrem Versteck einig gewesen, dass der Mann von Größe und Statur her Ludwig Kron sein konnte. Nur der Gang hatte etwas Flüssiges, Katzenhaftes, was ihnen an Kron bislang nicht aufgefallen war. Der Motorradfahrer öffnete den Verschluss des Helmes und schob den eng anliegenden Kopfschutz nach oben. Bielfelds Taschenlampenstrahl beleuchtete ein ihm völlig fremdes Gesicht.
„Wer sind Sie denn?"
„Gasser, Johannes Gasser. Und Sie sind von der Polizei, wie mir die Uniformen Ihrer Kollegen zeigen?"
„Ja. Bielfeld. Hauptkommissar. Und dann ist meine Kollegin Friedberg. Was tun Sie hier?"
„Ich gebe zu: Ein wenig verdächtig ist mein Verhalten schon. Ich wollte versuchen, ein Foto von dem berühmten Goethe-Werk zu machen. Oder zumindest von dem Arbeitsplatz, an dem es untersucht wird. Aber das ist doch nicht verboten?!"
Damit zog er wie zum Beweis eine kleine Digitalkamera aus der Seitentasche seines Motorradkombis.
Bielfeld blickte verdutzt.
„Den Namen Ludwig Kron haben Sie sicher nie gehört, nicht wahr?"

„Nein. Wer soll denn das sein? Oder warten Sie: Ein Herr Kron hat mich mal anwaltlich vertreten. Das ist lange her. Den Vornamen weiß ich aber nicht."
Bielfeld schwoll die Zornader:
„Na, denn kommen Sie erst einmal mit. Wir werden uns auf dem Präsidium etwas intensiver unterhalten. Ihre Utensilien und das Motorrad lasse ich da hin bringen. Auf geht's."

Ludwig Kron hatte die Polizeiaktion aus sicherer Entfernung von der gegenüberliegenden Seite des breiten Westrings aus beobachtet. Er legte das Nachtsichtglas auf den Beifahrersitz, startete den auf den Namen seiner Tante geliehenen Mulligan, fuhr ein Stück Richtung Holstein-Stadion, wendete an einer breiten Kreuzung und rollte langsam auf den Parkplatz vor dem Kunsthistorischen Institut. Er blieb eine gute Viertelstunde im Auto sitzen, aber nichts bewegte sich. Dann stieg er aus und öffnete die seitliche Schiebetür. Er schleppte zwei schwere Sporttaschen vor die Fenster des Instituts. Die erste Tasche enthielt Pflastersteine. Mit jeder Hand ergriff er einen der quadratischen Granitsteine, trat einige Schritte zurück und schleuderte den ersten auf das große Fenster. Mit lautem Knall landete der Stein auf der Scheibe, prallte ab und hinterließ lange, sternförmige Sprünge. Kron warf den zweiten Stein mit noch mehr Wucht. Klirrend fielen Scheiben zu Boden. Das Loch in der Scheibe schien dem Werfer aber noch zu klein. Sich nach allen Seiten umsehend holte er weitere Steine aus der Tasche. Nach vier Würfen war er zufrieden.
Als Kron die zweite Tasche öffnete, schlug ihm beißender Benzingeruch entgegen. Er hatte die Molotow-Cocktails nach einer Anleitung aus dem Internet hergestellt. Die Flaschen mussten im Verhältnis zwei zu eins Flüssigkeit und Luft enthalten. Als Zünder dienten

mit Benzin getränkte Stoffstreifen. Der Abgeordnete fingerte sein Feuerzeug aus der Jackentasche. Ein silbernes Sturmfeuerzeug mit der Gravur „Für Ludwig – I love you" auf der Kappe. Kron zündete den Lappen an und warf den Brandsatz Richtung Fensteröffnung. Aber zu kurz. Die Flasche zerbarst am Fensterrahmen, brennendes Benzin ergoss sich die Wand herunter auf den Fußweg. Er zog die Tasche mit den weiteren Benzinbomben aus dem Gefahrenbereich und startete einen zweiten Versuch. Dieser musste gelingen, das Feuer würde Aufmerksamkeit erzeugen. Deshalb hielt der Brandstifter das Feuerzeug lange an das im Flaschenhals steckende Polyestertuch, damit der Brandsatz auch ja zündete. Dabei verbrannte sich Ludwig Kron die linke Hand, aus der er laut fluchend das Feuerzeug fallen ließ. Er konzentrierte sich und traf in die große Fensteröffnung hinein. Die Flasche schien bereits in der Luft zu bersten. Ein heller Flammenschein leuchtete aus den Fenstern. Er bugsierte die Flasche mit zwei weiteren Brandbomben auf den Beifahrersitz. Er hörte aus der Ferne Feuerwehrsirenen, als er in seinem Kleinbus von dem Parkplatz vor dem Kulturhistorischen Institut rollte und dem Blaulicht entgegen fuhr.
Kron triumphierte. Wenn diese verflixten sieben Seiten in dem Feuer verbrannten, war alles gut. Wurden sie anderswo verwahrt, war diese Runde unentschieden ausgegangen. Nur das verdammte Feuerzeug!
Was Kron nicht wusste, war, dass ihm ein VW-Passat in sicherem Abstand folgte.
Hauptkommissar Bielfeld war nach dem Verhör von Johannes Gasser durch das provisorische Lagezentrum der Kriminalpolizei in der Hopfenstraße gegangen. In zwei Jahren sollten sie zurück in ihre auf den neuesten Stand gebrachte 'Blume' ziehen. Im Lagezentrum lief gerade die Meldung von der Brandstiftung im Kulturhistorischen Institut auf. Schnell hatte er den Bereit-

schaftsbeamten alarmiert und befohlen, ihm den Funkverkehr in sein Auto zu leiten. Gemeinsam mit Tobias Seifert brauste er zum Einsatzort und kam gerade an, als der Van mit den abgedunkelten Scheiben vor dem Feuerschein auf den Westring bog. Aus dem Wagen leitete der Hauptkommissar eine Überprüfung des Kennzeichens ein. Vom Tatort kam die Meldung, es sei ein Feuerzeug mit der Gravur „Für Ludwig – Ich love you" gefunden worden.
„Jetzt reicht es! Jetzt schnappen wir uns den Burschen! Seifert, rufen Sie in der Zentrale an. Die sollen beim Landtag die Aufhebung der Immunität des Abgeordneten Ludwig Kron beantragen. Eilt! Flucht- und Verdunkelungsgefahr! Mord am Antiquar Eschenburg und Brandstiftung."

Seifert telefonierte los, während Bielfeld langsam dem dunklen Wagen folgte und mit dem Handy Erika Friedberg in Bordesholm informierte. Sie solle Beamte vor Krons Wohnung und vor dem Haus seiner Tante Adelheid Weimar-Hansen zu seinem Empfang postieren. Ludwig Kron überlegte: Jetzt noch die Molotow-Cocktails los werden, dann das Auto in Bordesholm abstellen und zu Fuß nach Hause – oder in den Köpi-Treff. Feierabend für heute.
Er bog von der Autobahn bei Blumenthal ab. Auf dem großen Parkplatz am Hotel „Auerhahn" würde er kurz anhalten, die Flaschen ausgießen und zusammen mit den Zündlappen in einem der Müllbehälter entsorgen. Kron setzte den Blinker, bog über die erste Einfahrt auf den Parkplatz und hielt kurz vor der Ausfahrt. Er griff zu der Sporttasche und entnahm ihr die beiden Brandsätze. Da sah er aus den Augenwinkeln im Rückspiegel einen Pkw auf den Parkplatz einbiegen, dessen Scheinwerfer sofort gelöscht wurden und der dann doch weiter zu ihm heran rollte. Kron beobachtete das Fahrzeug eine Weile lang,

aber niemand stieg aus. Ihm gefiel die Sache nicht. Er nestelte in der Jackentasche nach seinem Feuerzeug. Verdammt, das war ja weg. Der Zigarettenanzünder. Kron stopfte die Zündlappen wieder in die Flasche. Da schlugen die Türen des Pkw hinter ihm auf. Zwei Männer stiegen aus. Taschenlampen blendeten Kron. Er drückte den benzingetränkten Stoff in den Zigarettenanzünder, pustete. Die Männer kamen näher. Da sprang eine kleine Flamme auf. Kron startete, öffnete die Tür und warf die Brandflasche in hohem Bogen hinter sich. Die zersprang, und ein Flammenmeer loderte vor dem Wagen der Polizisten auf. Bielfeld und Schulze sprangen beiseite. Durch die Flammen konnten sie ihr Fahrzeug nicht erreichen, und so brauste Kron ohne Verfolger davon.

„Irgendwie kommt man mir immer näher", murmelte Kron vor sich hin. Auf dem kleinen Parkplatz vor der Ortsdurchfahrt Bordesholm hielt er an, goss das Benzin in den Knick und warf die Flasche weg. Der Lappen landete im Papierkorb.

„Bielfeld. Hier Bielfeld auf dem Weg nach Bordesholm", antwortete der Kommissar dem Ruf aus dem Funkgerät.

„Herr Kommissar, die Immunität des Landtagsabgeordneten Ludwig Kron ist für die Verdachtsfälle aufgehoben. Die Jagd kann beginnen."

„Danke. Veranlassen Sie eine Ringfahndung rund um Bordesholm. Alle, auch die kleinsten Ausfallstraßen besetzen. Und den Bahnhof. Geben Sie eine Fahndungsmeldung an die Medien. Die Bevölkerung wird zur Hilfe aufgerufen. Zunächst aber ohne die Tatvorwürfe."

„Wird veranlasst, Herr Kommissar. Gute Jagd!"
Es knackte im Gerät. Funkstille.

Ludwig Kron überlegte, wo er das Auto abstellen konnte, ohne dass es sofort entdeckt wurde. Aber nicht

zu weit entfernt von seiner Wohnung. Da schaltete sich der Verkehrsfunk im Radio ein. Kron fühlte sich gestört und versuchte, das Gerät abzustellen. Da kam folgende Meldung: „Zum Schluss noch eine Fahndungsmitteilung. Gesucht wird der Landtagsabgeordnete Ludwig Kron. Herr Kron wird gebeten, sich bei einer Polizeidienststelle zu melden. Der Gesuchte hält sich wahrscheinlich im Großraum Bordesholm auf. Wer etwas über seinen Aufenthalt weiß, wird gebeten, die Polizei persönlich oder telefonisch zu informieren. Die Immunität des Abgeordneten Ludwig Kron wurde aufgehoben."
Kron bremste scharf und fuhr in eine Bushaltebucht. Seine Gedanken rasten. Sich stellen? Konnte er immer noch. Zu Hause würden sie warten. Bei Tante Adelheid auch. Abhauen, Zeit gewinnen. Aber wie? Mit dem den Fahndern bekannten Auto ohne Führerschein? Mit der Bahn? Zum Bahnhof. Aber dort würden sie den Wagen sicher auch schon erwarten. Also auf anderem Weg.
Er startete den Motor und bog in die Holstenstraße ein. Bei dem Bordesholmer Ei, einer wegen einiger Linden merkwürdigen Straßenführung, lenkte er nach links auf die Bahnhofstraße, fuhr dann aber vor der Volksbank in den Lüttenheisch hinein. Jetzt brauchte er ein wenig Glück – oder er würde ein Stück zu Fuß gehen müssen. Er blieb nicht auf dem Lüttenheisch, sondern fuhr geradeaus in den Tunnelweg. Vor einigen Tagen hatte er, mit dem Fahrrad unterwegs, gesehen, dass die Stahlrohre, die in der Bahnunterführung Fußgänger von Radfahrern trennen sollten, abgebaut waren. Die lange fällige Erneuerung der Fahrbahn sollte erfolgen. Und wirklich. Um einige Materialstapel herum über die zum Teil neue Pflasterung gelangte er auf dem sich anschließenden Fuß- und Radweg zum Grotenkamp. Sofort bog er in den Finnenredder und dann in den Steenredder. Kurz vor der Bahnhofstraße hatte er sein Ziel erreicht.

Er parkte das Auto in der entfernten Ecke des schwer einsehbaren Pendlerparkplatzes und wartete eine Weile. Dann stieg er aus und suchte sich im Gebüsch an der Bahnhofstraße eine Beobachtungsstelle. Regungslos starrte er zum Bahnhof hinüber. Der neue Parkplatz ermöglichte einen unverstellten Blick auf beide Bahnsteige. Dort war nichts von Polizei zu sehen. Aber wenn er sich am Fahrkartenautomat zu schaffen machte, würden sie ihn haben. Also schwarz fahren. Mit dem Risiko, erwischt und erkannt zu werden. Gleich wieder aussteigen, am nächsten Bahnhof ein Ticket lösen. Da kündigte der Lautsprecher einen Zug an. Das würde Bewegung auf dem Bahnsteig geben, die Aufmerksamkeit der Beobachter binden. Die Möglichkeit, näher heran zu kommen.

„Wenn er weg will, kann er es eigentlich nur mit der Bahn versuchen. Fahren wir also zum Bahnhof." Bielfeld blickte seinen Beifahrer an, der zustimmend nickte.
„Nach Kiel wird er sicher nicht wollen. Also können wir auf dieser Seite bleiben."
Bielfeld nickte zustimmend und fuhr um den Kreisel an der Bordesholmer Sparkasse vorbei durch die Einkaufszone zum Bahnhof. Als sie ankamen, fuhr gerade ein Zug ab. Seifert hatte auf seinem Handy gespielt: „Regionalexpress 22.33. Jetzt kommen noch zwei Züge Richtung Neumünster/Hamburg."
„Dann müssen wir wohl besonders aufmerksam sein. Mal sehen, was unsere Kollegen machen."
Sie stiegen aus und gingen auf den Bahnsteig. Den Mann im Schatten des Vordaches des neuen Einkaufszentrums sahen sie nicht.
Ludwig Kron erkannte aber den Kommissar auf dem hell erleuchteten Bahnsteig sofort. An eine Fahrt mit der Bahn war nicht zu denken, solange der Kommissar und

seine Leute die Bahnsteige bewachten. Also bis morgen warten. Aber wohin?
Da fiel sein Blick auf den Turm, der sich in dem fahlen Mondschein über dem Eingang zum Supermarkt erhob. Der Turm war eingerüstet „Gerüstbau Firma Jäschke. Mit uns stehen Sie ganz oben – sicher" las er auf einem Schild oberhalb der Einstiegsleiter. Er legte den Kopf in den Nacken. Das Gerüst schien bis an den oberen Rand des Turmes zu reichen. Kurz entschlossen huschte Ludwig Kron zur Einstiegsleiter. Der Durchstieg auf die erste Gerüstebene war etwas schmal, aber Kron zwängte sich hindurch.
Der Turm war ein Aufreger. Er war von den Silo-Türmen der Firma Brüggen verblieben und hatte alle Sendeanlagen zu tragen, die vorher über vier Türme verteilt waren. Dann war der Turm zu einem Werbeträger verkommen. Der Dingrichter der Bordesholmer Liedertafel sprach über ihn sein Gericht in dem schönen Holsteinischen Platt:

„As de Flammenschrift an König Belsazars Wand strohlt een gresig grootes „E" över de Stadt. Un wenn du negher kümmst, warrst du gewohr, dat dat een gewaltiget Phallus-Symbol is, dat sik een Inkoopcenter hoch reckt, mit veele Antennen an de Spitz, de ehre Meldung in all de Welt rut strahlt: Kiekt her. Hier sünd Kommerz und Handel to Huus."

Ein ordentliches Gericht hatte ein Einsehen mit dem „Erholungsort" Bordesholm. Die Werbung sei zu groß und unangemessen, hieß es in dem Urteil. Jetzt wurde der Turm zu einer Landmarke gestaltet, die weithin sichtbar für die Region werben soll. Der Stand des Gletschereises über Bordesholm soll dargestellt werden, Bewohner der eiszeitlichen Landschaft und darüber ein blauer Himmel und, die Sendeanlagen umhüllend, auf luftiger Folie weiße Wolken. Die Idee zu dem Projekt

hatte der Leiter des Museums „Tor zur Urzeit", der auch die Ausführung überwachte.
Ludwig Kron beeilte sich, auf die dem Bahnhof abgewandte Seite des Turmes zu kommen. Auch hier gab es Durchstiege, durch die er zwei Etagen höher kletterte. Als er den Kopf durch die Öffnung zur dritten Ebene steckte, schreckte er zurück. Ein riesiger Säbelzahntiger hob sich von dem grau-weißen Gletscherhintergrund ab und starrte ihn grimmig an.
„Lass man gut sein, Kollege, ich habe auch ohne dich Schwierigkeiten genug", grinste Kron und kletterte höher. So kam er noch, wenn er sich auf einer Ebene so weit um den Turm herum bewegte, dass er den Bahnsteig überblicken konnte, an einigen anderen Eiszeitbewohnern vorbei: Einer Gruppe von Menschen in Felle gehüllt vor ihren Zelten, einem Mammut und einem riesigen Bären. Ludwig Kron hatte vor Aufregung ganz vergessen, dass er eigentlich schwindelig war, als er sich auf das Geländer der obersten Ebene des Gerüstes stützte und auf den Bahnhof blickte. Alles da unten wirkte plötzlich so weit weg, so unwirklich. Kron begann zu frösteln. Unten fuhr ein Zug Richtung Kiel ein. Hinter der Wolken-Folie würde er Schutz vor dem leichten, kühlen Wind finden. Aber wie hinein kommen? Kron fand in der Jackentasche ein kleines Taschenmesser. Es war eine schwere Arbeit, damit einen Schlitz in die starke Folie zu schneiden. Schließlich hatte er es geschafft und schlüpfte durch den Spalt auf die Plattform. Zu Füßen der Sendeanlagen sank er in sich zusammen. Ein regelmäßiges Summen ließ Ludwig Kron schnell einschlafen.

Kommissar Bielfeld bellte, als der letzte Zug gefahren war, seinen Befehl heraus: „Er muss anderswo im Ort sein. Den Bahnhof bis eine halbe Stunde vor Einfahrt des ersten Zuges morgen früh auf jeder Seite mit einem Mann beobachten. Für alle anderen Feierabend!"

39.

Mit summendem Schädel erwachte Ludwig Kron. Als säße ein Schwarm Hummeln in seinem Kopf fest. Es war noch sehr früh. Die Sonne verbarg sich noch hinter dem Horizont. Kron fror. Er steckte den Kopf durch seinen Einstiegsschlitz und spähte hinaus. Auf dem Bahnhof keine Regung. Hinter dem Supermarkt startete ein Lieferantenfahrzeug. Kron kauerte sich an die Betonwand des Turmes. Was sollte er tun?
Plötzlich erfasste ihn ein starker Scheinwerferstrahl. „Da ist doch jemand", sagte der Polizeibeamte zu seinem Kollegen. Kron stemmte sich hoch und lief um den Turm, floh vor dem Lichtkegel.
„Ich rufe Bielfeld."
Es dauerte nur wenige Minuten, bis der Eiszeitturm von allen Seiten taghell beleuchtet war. Hauptkommissar Bielfeld und Kommissarin Friedberg erschienen in einem Dienstwagen auf dem Parkplatz des Supermarktes.
„Machen Sie mal die Ansprache! Der soll ja auf Frauen stehen", sagte der Hauptkommissar.

„Wenn Sie meinen", antwortete Erika Friedberg und schaltete den Lautsprecher ein:
„Ludwig Kron, wenn Sie das sind da oben, kommen Sie herunter. Sie haben nichts zu befürchten und werden einen fairen Prozess bekommen. Sehen Sie sich an, wie viele wir sind. Entkommen ist unmöglich."
Im Scheinwerferlicht sah man Ludwig Kron an das Geländer des Gerüstes heran treten. Er ergriff mit

beiden Händen den Geländerholm. Sein Körper schien sich, wie nach einem Entschluss, zu straffen.

„So endet es nun", dachte Ludwig Kron. Da hörte er hinter sich die Stimme des Kriminalhauptkommissars: „Tun Sie es nicht!"

Ende

Nachwort für Neugierige

Es mag geneigte Leser geben, die es bei so vielen offenen Fragen nicht belassen wollen. Um zu vermeiden, dass diese ja doch ganz besonders zu schätzenden Leser nicht ins Grübeln geraten oder gar das Autorenteam der Bordesholmkrimis in Zukunft mit Missachtung strafen, sei eine Szene angefügt, die eigentlich dem vierten Bordesholmkrimi hatte vorbehalten sein sollen. Sie spielt Jahre nach der denkwürdigen Turmbesteigung durch Ludwig Kron. Hier ein Ausschnitt der kleinen Szene:

...

Am Rande des Forstweges parkten zwei betagte Volvo 940 Ti Kombi classic - ein silbergrauer und ein dunkelgrüner. Keine hundert Schritte davon entfernt, aber vom Wege aus kaum wahrzunehmen, saßen plaudernd und scherzend drei Personen vor einer kleinen Jägerhütte: Der stolze Besitzer, Privatdetektiv Fuchs, der, wenn man seinen Worten Glauben schenken mochte, die Hütte ebenso wie den Oldtimer vor zwei Jahren mit dem Geld eines Lottogewinns von 30.000 € erworben hatte, sein Irish Setter Johann Sebastian[4] und zwei dem aufmerksamen Leser ebenfalls bestens bekannten Gäste. Sie hatten es sich bei einer zünftigen Bauernvesper mit Bier und Köm gemütlich gemacht.

„Also Willi", hörte man eine männliche Fistelstimme, „lass deine Frau mal ruhig in dem Glauben. Eifersucht ist schließlich meine zuverlässigste Verdienstquelle. Das funktioniert mit ihr doch schon seit Jahren so: jedes Mal, wenn ihr einen Bordesholmer Fall gemeinsam löst, dreht sie durch. Angefangen hat es damals am Mühbrooker Meer. Da ist sie Euch doch wahrhaftig nachgegangen und hat Euch – wie sie sagte - ertappt. Aber ganz sicher

---

[4] In Erinnerung an einen Mozart ebenbürtigen Musiker.

war sie sich nicht. So war ich zu ihrem ersten Auftrag gekommen."
„Ein Glück, dass es so dunkel war!", murmelte Bielfeld.
„Genau. Sonst hätte ich vielleicht den Auftrag niemals bekommen. Und nun verderbt mir bitte nicht das Geschäft!"
„OK. Wie wär's, Erika? Wann treffen wir uns mal wieder, um einen Bordesholmer Fall zu lösen? Im Antikhof Bissee war ich lange nicht mehr. Zahlen muss natürlich er", dabei zeigte Bielfeld auf den Gastgeber.
„Sind ja Spesen für ihn."
„Sei Euch gegönnt. Aber sagt mal, wie geht es eigentlich unserem Bordesholmer Malskat[5]?"
„Malskat, Malskat! Blödes Journalistengequatsche. Den Namen hat er nicht verdient. Blätterranken im Schleswiger Dom, noch dazu so schöne, das ist ja irgendwie witzig. Hitlertagebücher auch. Aber Mordversuch... Nee, hört mir auf. Wenn es nach mir ginge, sollte der

---

[5] Lothar Malskat (*1937, † 1988) war ein Maler und Kunstfälscher.
Im Frühjahr 1937 wurde Professor Fey mit der Restaurierung der Malereien im Lübecker Marienkirche beauftragt. Die frühgotischen Malereien im in der Marienkirche waren 1888 durch August Olbers durch Übermalung erneuert worden, Fey sollte den Urzustand wiederherstellen. Nach Entfernungen der Malereien Olbers waren kaum noch Spuren von Malereien erhalten. Um nicht wegen der Zerstörung nationalen Kulturgutes bestraft zu werden, begann Malskat mit der Erschaffung der frühgotischer Kunst nachempfundenen Malereien in der Lübecker Marienkirche.
(Zitiert nach Wikipedia, wo die Malereien allerdings fälschlich dem Schleswiger Dom zugeschrieben werden.)
Am 16. Mai 1952 platzte dann die Bombe. Oberkirchenrat Dr. Goebel kann es heute noch nicht ganz fassen: "Schreibt mir doch da der Malskat in einem umfangreichen Brief nicht mehr und nicht weniger, als daß sämtliche 21 Figuralen des Chorraumes nichts mit den gotischen Originalen zu tun hätten, sondern ausschließlich eine Neuschaffung von seiner Hand darstellten." (Der Spiegel 34/1952)
Die Malskatmalereien erschienen Kunstexperten so gelungen, dass sie nicht entfernt wurden und bis heute den Chorraum der Marienkirche zieren.

ruhig weiter, am besten für den Rest seines Lebens hinter Mauern bleiben."

...

Alles klar, lieber Leser? Weiter geht's im vierten Bordesholmkrimi. Bis dann! Tschüss!

PS.: Übrigens, nicht dass jemand glaubt, das Antiquariat des bis hierhin vom Leser vielleicht wirklich totgeglaubten **Harald Eschenburg**[6] existiere nun nicht mehr. Weit gefehlt: Nach wie vor trifft man ihn freundlich und liebenswürdig wie eh und je in seinem Antiquariat in der Holtenauer Straße, wo er mit gewohnter Einfühlsamkeit seinen Besuchern alte Bücher zur Lektüre vorschlägt und wo vermutlich auch bereits einige Exemplare des dritten Bordesholmkrimis, ‚**Lotosblüte**', dank seiner fachkundigen Empfehlung erfreute Zweitleser gefunden haben.

---

[6] Als wir, die Autoren, seinerzeit Herrn Eschenburg aufsuchten, um zu fragen, ob wir ihn in unserem dritten Bordesholmkrimi ermorden dürften, antwortete er spontan: "Na klar! Kein Problem, solange Sie nicht verlangen, die Szene mit mir durchzuspielen!" – Vielen Dank, Herr Eschenburg, dass wir Sie als Opfer und Ihr Antiquariat als Tatort haben nutzen dürfen!

In der Reihe ‚**Bordesholmer Edition**' bisher erschienen:

Bd. 1: Das Grab auf der Insel
Der erste Bordesholmkrimi
von Jürgen Baasch, Lydia Glaubke, Charlotte Günther,
Ines Reich und Hartmut Wiedling
ISBN 978-3844800067   172 Seiten   Preis 9,90€

Bd. 2: De Borsholmer Jedemann
Hugo v. Hofmannsthal sien Stück,
in`t Plattdüütsche sett vun Jürgen Baasch
ISBN 978-3848218066   128 Seiten   Preis 8,90€

Bd. 3: Das Licht
und andere Erzählungen
von Jürgen Baasch, Kirsten Frahm,
Viktor Vogt und Hartmut Wiedling
ISBN 978-3848227112   136 Seiten   Preis 8,90€

Bd. 4: Schmalsteder Beifang
Der zweite Bordesholmkrimi
von Jürgen Baasch, Silvia Biener, Charlotte Günther,
Diana Kühl und Hartmut Wiedling
ISBN 978-3-848224197   164 Seiten   Preis 9,90€

Bd. 5: Krimidinner
Kriminalroman von Hartmut Wiedling
ISBN 978-3848219711   164 Seiten   Preis 14,90€

Bd. 6: Murmelspiel und Schabernack
Alltagsgeschichten aus unserer Nachkriegskinderzeit
Biografische Reihe, Hrsg. Jürgen Baasch
ISBN 978-3848241415   168 Seiten   Preis 10,90€

Bd. 7: Biografische Splitter
Biografische Reihe,
Hrsg. Jürgen Baasch und Elmer Schmidt
ISBN 978-3732230983   138 Seiten   Preis 9,90€

Bd. 8: Doppelbilder
Erzählungen von Hartmut Wiedling
ISBN 97-8-3842342118   140 Seiten   Preis 7,90€

Bd. 9: Ein Haus wird Hundert
Geschichten zur Geschichte
Von Franz Rohwer
ISBN 97-8-732254576   88 Seiten   Preis 8,90€

Wann folgt Ihr Band?

Haben Sie Mut!
Melden Sie sich!

Ganz gleich, ob Sachbuch, Kinderbuch, Erzählungen, Krimi, Thriller, Liebesroman, Heimatbuch, Zukunfts- oder gar Erotikoman ...

Wir freuen uns über niveauvolle Manuskripte, die wir in unserer Reihe „Bordesholmer Edition" veröffentlichen können.

Jürgen Baasch und Hartmut Wiedling

Bordesholmer Edition
eine Reihe für Autoren von Bordesholm und Umgebung
Herausgeber: J.Baasch und H.Wiedling, Bordesholm
bordesholmer.edition@yahoo.de